宋词诵读一百首

上海科学技术文献出版社
Shanghai Scientific and Technological Literature Press

图书在版编目（CIP）数据

宋词诵读一百首 / 黄玉峰主编，王召强编著．—上海：上海科学技术文献出版社，2015.6

（中学生人生教育丛书）

ISBN 978-7-5439-6669-7

Ⅰ．① 宋… Ⅱ．①黄…②王… Ⅲ．①宋词—青少年读物 Ⅳ．① I222.844

中国版本图书馆 CIP 数据核字（2015）第 102004 号

责任编辑：张 树
封面设计：周 婧

丛书名：中学生人生教育丛书
书 名：宋词诵读一百首

黄玉峰 主编 王召强 编著
出版发行：上海科学技术文献出版社
地 址：上海市长乐路 746 号
邮政编码：200040
经 销：全国新华书店
印 刷：常熟市人民印刷有限公司
开 本：720×1000 1/16
印 张：14.5
字 数：205 000
版 次：2015 年 6 月第 1 版 2015 年 6 月第 1 次印刷
书 号：ISBN 978-7-5439-6669-7
定 价：35.00 元
http://www.sstlp.com

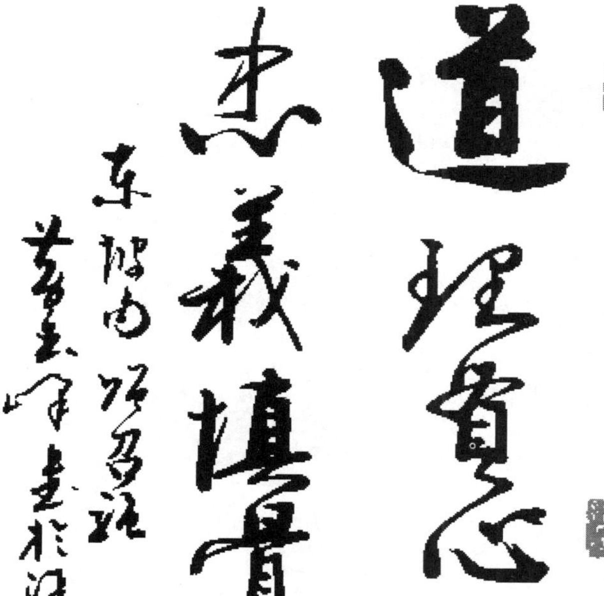
道理貫心肝
忠義填骨髓

目录

目录

《宋词诵读一百首》使用指南

我对于宋词的热爱，要从李煜说起。小时候看过一部新加坡电视剧，叫《乱世双雄》，说的是赵匡胤和李煜的故事。把李煜说成双雄之一，自然不是很恰当。如果从一文一武、文武双雄的角度来讲，也还讲得过去。李煜的人生经历给我留下了深刻的印象。从那个时候起，我就爱上了“虞美人”。迄今为止，它依然是我最钟爱的文学作品之一。怪不得王国维说他：“后主之词，真所谓以血书者也。”比起道君皇帝的《燕山亭》，不知强过多少倍。

说起来，我那少得可怜的历史知识，大多还是从历史剧中看来的。现在的家长大多不喜欢小孩子看电视、玩电脑、用 iPad，其实有点多虑了。我就很喜欢看美剧，把英文听力练得棒棒的，有什么不好？何况那才是真正的生活化的美语，听着就是那么自然、舒服，即使是俚语、俗语和粗口，也比英文教材上枯燥无聊的严肃文章好多了。

这里不是谈美剧。还是说说宋词。我买的第一本词人专辑，好像就是王国维先生的儿子王仲闻先生校注的《南唐二主词》了。我把李煜的词一首一首工工整整地摘抄出来，慢慢吟诵，沉浸在五代十国的刀光剑影中。

然后在高中相当长的时期内，我远离了宋词，只能在数学题海里游弋了。考到华师大中文系以后，才在高建中老师的指导下，重拾唐诗宋词，走进古典文学的世界。我那时还比较“愤青”，首选的诗词专辑是杨伦的《杜诗镜诠》和邓广铭的《稼轩词编年笺注》，到现在，我依然记得在华师大的男生宿舍里，每个晚上以杜诗、辛词为伴的平静岁月。这是大学四年留给我的最美好的记忆之一。

大四写毕业论文的时候，我选择了纳兰性德作为题目，那时赵秀亭和冯统一的《饮水词笺校》还没有出来，我读的还是张草纫的《纳兰词笺注》，安意如还没有写出她的成名作《人生若只如初见》，我已经一头扎进纳兰性德的情感世界里不能自拔，写出了一篇长达六千多字的论文。可惜论文这种东西是没有人要看的，我也还没有写到可以在《词学》发表的水平。得了个“良”，算是过关毕业了事。

写纳兰性德，最大的收获是拜高建中老师为师，得到了上课之余亲炙良师的机会。我和另外两位同学先后两次拜访过高建中老师，聆听他的教诲。他谈起自己在“文革”中的人生经历，谆谆告诫我们：永远都不能放弃读书。正是缘于这种精神，他才能在恢复高考之后，顺利考上大学和研究生。就算高老师的教诲，只剩下这一条，也足够我受益终生了。何况他还是华师大的老师中“学高为师、身正为范”的典范。

参加工作以后，我一有时间就把精力放在读书上。第一年就啃完了鲁迅先生的杂文全集，小说和散文当然很早就都读过了；第二年开始转向攻读三家注的《史记》。从第三年开始，我又拾起唐诗宋词，王维、孟浩然、李商隐、柳永、秦观、苏轼……一家一家地啃过去，总算读出了点味道来。每次上到古诗词，备课的时候，总觉得选文太少，很多问题讲不清楚，总得增加点拓展阅读才行。东一榔头、西一棒槌的拓展，漫无目标、不成体系、体例各异，总觉得不解恨。索性自己编选出一个选本来，一劳永逸地解决古诗词的备课问题。

有了这个念头，书很快就编选出来，就是目前呈现在各位读者面前的《唐诗诵读一百首》和《宋词诵读一百首》，每本差不多花了我半年的时间。备课、上课之余，这一整年的时间，我几乎都扑在了这两本书的编选上。唐诗、宋词的选本，我几乎都买回来翻阅了。最重要的工具书，不是唐诗宋词鉴赏辞典，而是陈伯海主编的《唐诗汇评》和吴熊和主编的《唐宋词汇评》。在编写“练习”的时候，我非常不喜欢自作主张，生怕误读前贤的经典作品，所以尽量“述而不作”，在题干中全部选摘古人的评点。学生看起来可能会有点吃力，但是我坚持不改初衷，因为我知道我编选的不是练习册、习题集，实际上是老师上课时要用的讲义，当然要保存一点原始的资料。

所以，各位同学在使用本书的时候，千万不要以为这是一本练习册或习题集。所有的“练习”，只是给我们提供一个启发思考的角度而已。我是非常反感同学们做习题的，所以本书所有的“练习”，都不提供标准答案，连参考答案都没有。

但是，我还是鼓励大家要多读多背古诗词。黄玉峰老师在《教学生活得像个人》一书中提出来一个“死去活来”的主张，我是颇为赞同的。所谓“死去”，就是要大量的死记硬背；所谓“活来”，就是将死记硬背的东西，转化成源头活水，永不枯竭地滋润着心田，下笔自然如有神助。

拙作有幸被选作必读书目。

是为序。

甲午岁末草识于依仁轩

王召强

唐代词选六首

○○一 忆秦娥

唐·李　白

箫声咽[①]，秦娥梦断秦楼月[②]。
秦楼月，年年柳色，霸陵伤别[③]。

乐游原上清秋节[④]，咸阳古道音尘绝[⑤]。
音尘绝，西风残照，汉家陵阙[⑥]。

【题解】

这首词是否为李白所作，历来争论不一，只能存疑。这首词气势雄浑，意境高远。上阕写春天的清晨，女主人公在秦楼上闻箫声悲咽而一觉醒来，望明月而怀远，见垂柳而忆别；下阕写秋天的黄昏，女主人公登临乐游原，睹景物而伤怀，感时序而惊变，在凄清悲凉的氛围中，展现了主人公的多情性格。明人顾起纶评之曰："唐人作长短句，乃古乐府之滥觞也。李太白首倡《忆秦娥》，凄婉流丽，颇臻其妙，为千古词家之祖。"

【注释】

①箫声咽：据《列仙传》载："萧史者，秦穆公时人也。善吹箫，能致孔雀、白鹤于庭。穆公有女字弄玉，好之。公遂妻焉。日教弄玉作凤鸣。居数年，吹似凤声，凤凰来止其屋。公为作凤台。夫妇止其上，不下数年，一旦皆随凤凰飞去。"②秦娥：此泛指秦地美貌女子。③霸陵：又作"灞陵"，故址在今陕西省西安市东，因有汉文帝墓而名。附近有霸桥，为唐人送客的折柳告别之处。④乐游原：唐代的游览胜地，故址在今陕西西安市南。⑤咸阳：今陕西咸阳市。汉唐时期，从长安西去，咸阳为必经之地。⑥汉家陵阙：汉朝皇帝的陵墓都建在长安四周。阙，陵墓前的楼观。

【练习】

1. 近人俞陛云评论本词道：“此词自抒积感，借闺怨以写之，因身在秦地，即以秦女箫声为喻。”结合这句话思考，本词运用了什么表现手法？表达了作者怎样的思想感情？

2. 近人唐圭璋评论本词道：“‘西风’八字，只写境界，兴衰之感都寓其中。”结合这句话思考，本词的结尾二句有何表达作用？

3. 近人王国维评论本词道：“太白纯以气象胜。‘西风残照，汉家陵阙’，寥寥八字，遂关千古登临之口。”结合这段话思考，本词在艺术风格上有什么特色？

【积累】

词人小传之一：李白

李白（701—762），字太白，号青莲居士。祖籍陇西成纪（今甘肃天水），先世隋末流徙西域，李白生于中亚碎叶（今巴尔喀什湖南面的楚河流域，唐时属安西都户府管辖）。幼时随父迁居绵州昌隆（今四川江油）青莲乡。他一生绝大部分时间在漫游中度过。天宝元年（742），被召至长安，供奉翰林，颇为玄宗所赏识。后因不能见容于权贵，在京仅三年，就弃官而去。安史之乱发生的第二年，他曾参加了永王李璘的幕府。不幸，永王与肃宗发生了争夺帝位的斗争，兵败之后，李白受牵累，流放夜郎（今贵州境内），途中遇赦。晚年漂泊东南一带，依当涂县令李阳冰，不久即病卒。他是屈原之后我国最为杰出的浪漫主义诗人，有“诗仙”之称。与杜甫齐名，世称“李杜”。有《李太白集》。

○○二 菩萨蛮

唐·李 白

平林漠漠烟如织[①]，寒山一带伤心碧。
暝色入高楼[②]，有人楼上愁。

玉阶空伫立[③]，宿鸟归飞急。
何处是归程，长亭更短亭[④]。

【题解】

“菩萨蛮”为古缅甸曲调，别名“子夜歌”，唐玄宗时传入中国，列于教坊曲。变调，四十四字，两仄韵，两平韵。本词相传为李白所作。也有人认为是晚唐五代人假托李白所作的。这首怀人词，写出了思妇盼望远方行人久候而不归的心情。宋人黄晟曾赞之为“百代诗词之祖”。清人陈廷焯论之曰：“唐人之词如六朝之诗，惟太白《菩萨蛮》、《忆秦娥》两调，实为千古词坛纲领。词虽创自六朝，实成于太白，千古论词，断以太白为宗。”

【注释】

①漠漠：形容雾气。②暝色：暮色。③玉阶：白石砌成的台阶。④亭：一名“官亭”，设在大道上，便利旅客休息。庾信《哀江南赋》云：“十里五里，长亭短亭。”

【练习】

1. 近人唐圭璋评论本词道：“一起写平林寒山境界，苍茫悲壮。此两句，自内而外。‘暝色’两句，自外而内。烟如织、伤心碧，皆暝色也。两句折到楼与人，逼出‘愁’字，唤醒全篇。”结合这段话思考，本词上阕的景物描写有什么表达作用？

2. 清人黄苏评论本词道：“末联始点出‘归’字来，是题目归宿。所以愁者，此也。所以寒山伤心者，亦此也。更觉前阕凌空结撰，意兴高远。”结合这句话思考，本词所要表现的主题是什么？结合本词的内容加以简要分析。

3. 清人李调元评论本词道：“词用‘织’字最妙，始于太白词‘平林漠漠烟如织’，孙光宪亦有句云‘野棠如织’（语出孙光宪《后庭花》），晏殊亦有‘心似织’（语出晏殊《渔家傲》）句，此后遂千变万化矣。”结合这句话思考，本词首句中用的“织”字，有什么表达作用？

○○三 长相思

唐·白居易

汴水流[①]，泗水流[②]，流到瓜洲古渡头[③]。
吴山点点愁[④]。

思悠悠，恨悠悠，恨到归时方始休。
月明人倚楼。

【题解】

这首词写一位女子倚楼怀人。在朦胧的月色下，映入她眼帘的山容水态，都充满了哀愁。全词以恨写爱，用浅易流畅的语言，和谐的音律，表现人物的复杂感情。特别是那一派流泻的月光，更烘托出哀怨忧伤的气氛，增强了艺术感染力，显示出这首小词言简意赅、词浅意深的特点。

【注释】

①汴水：源于河南，东南流入安徽宿县、泗县，与泗水合流，入淮河。②泗水：源于山东曲阜，经徐州后，与汴水合流入淮河。③瓜州：在今江苏省扬州市南面。④吴山：泛指江南群山。

【练习】

1. 清人陈廷焯评论本词道："'吴山点点愁'，五字精警。"结合这句话思考，本词上阕的末句主要好在什么地方？

2. 近人俞陛云评论此词道："此词若晴空冰柱，通体虚明，不着迹象，而含情无际。由汴而泗而江，心逐流波，愈行愈远，直到天末吴山，仍是愁痕点点，凌虚着想，音调复动宕入古。"结合这句话思考，本词的上阕运用了什么表现手法？其表达效果如何？

【积累】

词人小传之二：白居易

白居易（772—846），唐代诗人，字乐天，号香山居士、醉吟先生。晚年官太子少傅，谥号"文"，世称白傅、白文公。贞元十六年（800）中进士。十八年，与元稹同举书判拔萃科，后诗坛"元白"齐名。十九年春，授秘书省校书郎。元和元年（806），罢校书郎，撰《策林》75篇，登"才识兼茂明于体用科"，授县尉。元和二年回朝任职，十一月授翰林学士，次年任左拾遗。四年，与元稹、李绅等倡导新乐府运动。五年，改京兆府户曹参军。元和六年，他因母丧居家，服满，应诏回京任职。十年，因率先上疏请急捕刺杀武元衡凶手，被贬江州（今江西九江）司马。元和十三年，改忠州刺史，十五年还京，累迁中书舍人。因朝中朋党倾轧，于长庆二年（822）请求外放，先后为杭州、苏州刺史，颇得民心。文宗大和元年（827），拜秘书监，次年转刑部侍郎，四年，定居洛阳。后历太子宾客、河南尹、太子少傅等职。会昌二年（842）以刑部尚书致仕。在洛阳以诗、酒、禅、琴及山水自娱，常与刘禹锡唱和，时称"刘白"。有《白氏长庆集》传世。

○○四　更漏子

唐·温庭筠

玉炉香，红蜡泪，偏照画堂秋思①。
眉翠薄②，鬓云残③，夜长衾枕寒。

梧桐树，三更雨，不道离情正苦。
一叶叶，一声声，空阶滴到明。

【题解】

更漏子：词牌名。双调四十六字，上阕两仄韵、两平韵，下阕三仄韵、两平韵。这首词用芳菲凄恻的笔调，描写了一个为离情所苦的女子形象。它没有过多的艳丽，展现在人们面前的是秋天的夜晚，一个孤独的少妇，不梳理，少粉黛，在空空的房子里对雨难寐。一洗过去的浓艳和铅华，用淡妆下的秋思秋景、秋雨秋夜来实现“愁绝”。尤其是秋夜无寐、卧听夜雨滴桐声的意象，把女主角愁肠寸断、泪流不止的形象凸现在人们的面前，含蓄蕴藉，艺术感染力极强。清人李冰若评之曰：“飞卿此词，自是集中之冠。寻常情景，写来凄婉动人，全由秋思离情为其骨干。”

【注释】

①画堂：华丽的内室。②眉翠：专指女子用黛螺染的眉毛。③鬓云：鬓发如云。

【练习】

1. 明人李廷机评论本词道：“前（上阕）以夜阑为思，后（下阕）以夜雨为思，善能体出秋夜之思者。”结合这句话思考，本词的上下两阕在内容上有什么不同之处？

2. 近人唐圭璋评论本词道：“此首写离情，浓淡相间，上阕浓丽，下阕疏淡。通篇自昼及夜，自夜至晓，其境弥幽，其情弥苦。”结合这句话思考，本词的上下两阕在风格上有什么不同之处？

3. 清人谢章铤评论本词道：“温尉词当看其清真（温庭筠曾被贬为隋县尉），不当看其繁缛……‘梧桐树，三更雨，不道离情正苦。一叶叶，一声声，空阶滴到明。’语弥淡，情弥苦，非奇丽为佳矣。”结合这句话思考，本词的下阕主要好在什么地方？

【积累】

词人小传之三：温庭筠

温庭筠（约812—870），唐代诗人、词人。本名岐，字飞卿，汉族，太原祁（今山西祁县）人，是花间词派的重要作家之一。唐初宰相温彦博之后裔。晚唐考试律赋，八韵一篇。据说他叉手一吟便成一韵，八叉八韵即告完稿，时称“温八叉”、“温八吟”。才思敏捷诗词兼工，诗与李商隐齐名，并称“温李”；词与韦庄齐名，并称“温韦”。后人辑有《温庭筠诗集》、《金荃词》。

○○五 浣溪沙

唐·韦 庄

夜夜相思更漏残，伤心明月凭栏干。
想君思我锦衾寒[①]。

咫尺画堂深似海[②]，忆来唯把旧书看。
几时携手入长安[③]？

【题解】

浣溪沙，本唐代教坊曲名，因西施浣纱于若耶溪，故又名《浣溪沙》。上下阕三个七字句，四十二字，分平仄两体，平韵体流传至今。这首词叙离别相思之情，含欲言不尽之意，缠绵悱恻，幽怨感人。据沈雄《古今词话》载："韦庄为蜀王所羁。庄有爱姬，姿色艳美，兼工词翰。蜀王闻之，托言教授宫人，强夺之去。庄追念悒怏，作《荷叶杯》、《浣溪沙》诸词，情意凄怨。"

【注释】

①锦衾：丝绸被子。②咫尺：比喻距离很近。③长安：作者是长安杜陵人。

【练习】

1. 近人俞平伯评论本词道："'想君思我锦衾寒'，一句叠用两个动词，代对方想到自己，透过意层，曲而能达。句法亦新。"结合这句话思考，本词上阕的末句主要好在哪里？

____

____

____

2. 近人俞陛云评论本词道："端己相蜀后（韦庄：字端己），爱妾生离，故乡难返，所作词本此两意为多。此词冀其'携手入长安'，则两意兼有。端己哀感诸作，传播蜀宫，姬见之益恸，不食而卒。"结合这段话思考，本词主要抒发了作者怎样的思想感情？

【积累】

词人小传之四：韦庄

韦庄：（836—910），字端己，杜陵（今陕西长安市附近）人，诗人韦应物的四代孙，唐朝花间派词人，词风清丽，有《浣花词》流传。曾任前蜀宰相，谥文靖。广明元年（880），其四十五岁，在长安应举，正值黄巢军攻入长安，遂陷于战乱，与弟妹失散。中和二年（882）始离长安赴洛阳。中和三年（883）春，四十八岁作《秦妇吟》。不久避战乱去到江南，五十八岁回到长安，一心想要应试，以伸展其治国平天下之抱负。乾宁元年（894）五十九岁登进士第，授校书郎。乾宁四年（897），时年六十二岁，被"宣谕和协使"李洵聘为书记，同至西川，结识了西川节度使王建，回长安后，改任左补阙。天复元年（901）六十六岁，应王建之聘入川为掌书记。天祐四年（907），朱温篡唐。唐亡，力劝王建称帝，王建为前蜀皇帝后，任命他为宰相，蜀之开国制度多出其手，后终身仕蜀，官至吏部侍郎兼平章事。七十五岁卒于成都花林坊。

○○六 菩萨蛮

唐·韦 庄

人人尽说江南好，游人只合江南老①。
春水碧于天，画船听雨眠。

垆边人似月②，皓腕凝霜雪③。
未老莫还乡④，还乡须断肠。

【题解】

韦庄《菩萨蛮》共五首，是前后相呼应的组词。本词为第二篇，抒写游子春日所见所思，宛如一幅江南春水图。词人以避乱居于江南，饱尝离乱之苦，时值中原鼎沸，欲归不能，“还乡须断肠”一句，巧妙地表现出战乱纷争的历史背景下词人思乡怀人的心态，可谓语尽而意不尽。情意宛转，哀伤之至。

【注释】

①游人：这里指漂泊江南的人，即作者自谓。合：应当。②垆边人：这里指当垆卖酒的女子。③皓腕：洁白的手腕。④还乡：作者是长安杜陵人，即回长安。

【练习】

1. 清人陈廷焯评论本词道：“一幅春水画图。意中是乡思，笔下却说江南风景好，真是泪溢中肠，无人省得。”结合这句话思考，本词对江南风景的描写，有什么表达作用？

______

______

______

2. 近人俞平伯评论本词道："韦氏此词隐寓其生平。起首一句已扼题旨，下边的'江南好'，都是从他人口中说出，而游人可以终老于此，自已却一言不发。"结合本词的主题思考本词首句中的"人人尽说"四字，有什么表达作用？

五代词选十首

○○七 鹊踏枝

五代·冯延巳

谁道闲情抛掷久？每到春来，惆怅还依旧。
日日花前常病酒[①]，不辞镜里朱颜瘦。

河畔青芜堤上柳[②]，为问新愁，何事年年有？
独立小桥风满袖，平林新月人归后[③]。

【题解】
鹊踏枝，原唐教坊曲名，商调曲，又名《黄金缕》、《蝶恋花》、《凤栖梧》、《卷珠帘》、《一箩金》。双调，上下阕同调，押仄声韵。共六十字，前后阕各四仄韵。冯延巳《鹊踏枝》词共十四首，王国维称其为作者词中“最煊赫”者之一。本词是这十四首中的第二首。这首词把“闲情”写得缠绵悱恻，难以排遣。全词情景交融，意蕴深婉，把笔墨集中在创造缠绵凄恻的感情境界上，形成了冯词的独特风格。清人陈廷焯论之曰：“可谓沉着痛快之极，然却是从沉郁顿挫来，浅人何足知之？”

【注释】
①病酒：犹言困酒，为酒所病。②青芜：丛生的青草。③平林：平展的树林。

江山万里图　　[宋] 周　臣

山鹧棘雀图轴　[宋]　罗聘

【练习】

1. 近人俞陛云评论本词道："词家每先言景，后言情，此词先情后景。结末二句寓情于景，弥觉风景夷犹（夷犹：从容自得）。"结合这句话思考，本词上、下两阕在内容上有什么特点？其表达效果如何？

2. 近人唐圭璋评论本词道："惟以问句起，更表出内心之沉痛……此种起法，是从千回百折之中，喷薄而出，故包含悔恨、愤激、哀伤种种情感，读之倍觉警动。"结合这句话思考，本词上阕的首句有什么特色？其表达效果如何？

3. 清人陈廷焯评论此词道："'独立'二语，仙境、凡境？断非凡笔。"结合这句话分析，本词下阕的结尾两句主要好在什么地方？

【积累】

词人小传之五：冯延巳

冯延巳（903—960），一名延嗣，字正中，广陵（今江苏扬州）人。多才艺，工诗词。仕南唐，李璟时为宰相。宋初《钓矶立谈》评其"学问渊博，文章颖发，辩说纵横"。作为词人，他虽受花间词影响，多写男女离别相思之情，但词风不像花间词那样浓艳雕琢，而以清丽多彩和委婉情深为其特色，有时感伤气息较浓，形成一种哀伤美。其词集名《阳春集》。

〇〇八 鹊踏枝

五代·冯延巳

庭院深深深几许，杨柳堆烟[①]，帘幕无重数。
玉勒雕鞍游冶处[②]，楼高不见章台路[③]。

雨横风狂三月暮，门掩黄昏，无计留春住。
泪眼问花花不语，乱红飞过秋千去[④]。

【题解】

此词一说为欧阳修作。据学者多方考证，应为冯词。此词描写闺中少妇的伤春之情，写景状物，疏浚委曲，虚实相融，辞意深婉，尤对少妇心理刻画写意传神，堪称冯词之典范。上阕写深闺寂寞，阻隔重重，想见意中人而不得，下阕写美人迟暮，盼意中人回归而不得。幽恨怨愤之情自现，一起一结颇受后人赞赏。清人陈廷焯誉之为“古今绝构”。

【注释】

①堆烟：形容杨柳浓密。②玉勒：玉制的马衔。雕鞍：精雕的马鞍。游冶处：指歌楼妓院。③章台：汉长安街名。唐人许尧佐著《章台柳传》，记妓女柳氏事。后因以章台为歌妓聚居之地。④乱红：凌乱的落花。

【练习】

1. 清人陈廷焯评论此词道:“连用三‘深’字,妙甚。偏是‘楼高不见’,试想千古有情人读至结处,无不泪下。绝世妙文。”结合这句话思考,本词的首句主要好在哪里?

2. 清人毛稚黄评论本词道:“词家意欲层深,语欲浑成;作词者大抵意层深者,语便刻画;语浑成者,意便肤浅,两难兼也……此(词)可谓层深而浑成。何也?因花而有泪,此一层意也;因泪而问花,此一层意也;花竟不语,此一层意也;不但不语,且又乱落,飞过秋千,此一层意也。人愈伤心,花愈恼人,语愈浅,而意愈入,又绝无刻画费力之迹,谓非层深而浑成邪!”结合这句话思考,本词的结尾两句主要好在哪里?

○○九 谒金门

五代·冯延巳

风乍起，吹皱一池春水。
闲引鸳鸯香径里[①]，手挼红杏蕊[②]。

斗鸭阑干独倚[③]，碧玉搔头斜坠[④]。
终日望君君不至，举头闻鹊喜。

【题解】

这首脍炙人口的怀春小词历来为人称道。尤其“风乍起，吹皱一池春水”，是传诵古今的名句。词的上阕以写景为主，点明时令、环境及人物活动。下阕以抒情为主，点明所以烦愁的原因。据马令《南唐书》记载，当时南唐中主李璟曾戏问冯延巳：“吹皱一池春水，干卿何事？”冯答道：“未若陛下‘小楼吹彻玉笙寒’。”中主悦。

【注释】

①闲引：无聊地逗引着玩。②挼：揉搓。③斗鸭：以鸭相斗为欢乐。斗鸭阑和斗鸡台，都是官僚显贵取乐的场所。④碧玉搔头：即碧玉簪。

【练习】

1. 近人俞陛云评论本词道：“‘风乍起’二句破空而来，在有意无意间，如絮浮水，似沾非著，宜后主盛加称赏（后主：指南唐后主李煜）。此在南唐全盛时作。”结合这句话思考，本词的开头两句主要好在哪里？

2. 明人沈际飞评论本词道：“闻鹊报喜，须知喜中还有疑在。无非望泽希宠之心，而语自清隽。”结合这句话思考，本词的结尾主要好在哪里？

○一十 摊破浣溪沙

五代·李 璟

菡萏香销翠叶残[1]，西风愁起绿波间。
还与韶光共憔悴[2]，不堪看。

细雨梦回鸡塞远[3]，小楼吹彻玉笙寒。
多少泪珠何限恨，倚阑干。

【题解】

这是南唐中主李璟抒写满怀愁恨的小词。一个有无穷幽怨含泪倚栏的主人公形象跃然纸上。前段就景物写，后段就人事写。秋雨绵绵、梦境缈远、玉笙呜咽，构成悲凉凄清的意境，使全词惆怅伤感的气氛愈发浓烈。作者在思妇的对景伤情，感叹青春易逝中，渗透了自己不堪迟暮的感伤心情；而词句意境的众芳芜秽、美人迟暮，又象征着南唐的没落，寄托了作者的家国之痛，极易引起后世读者的感触。

【注释】

①菡萏（hàn dàn）：荷花的别称，未开的荷花，即花苞。②韶光：即美好的时光。③鸡塞：即鸡鹿塞。古塞名。在今内蒙古磴口西北哈隆格乃峡谷口，乃古时贯通阴山南北之交通要冲。汉时筑城塞于此。后亦泛指边塞戍远之地。

【练习】

1. 近人王国维评论本词道："南唐中主词：'菡萏香销翠叶残，西风愁起绿波间'，大有众芳芜秽，美人迟暮之感。乃古今独赏其'细雨梦回鸡塞远，小楼吹彻玉笙寒'，故知解人正不易得。"结合这句话思考，本词上阕的开头两句有何表达作用？

2. 清人陈延焯评论本词道："南唐中主《山花子》云：'还与韶光共憔悴，不堪看。'沉之至，郁之至，凄然欲绝。后主虽善言情，卒不能出其右也。"结合这句话思考，本词上阕的后两句主要好在哪里？

3. 清人许昂霄评论本词道："'细雨'二句合看，乃愈见其妙。"结合这句话思考，本词下阕的前两句主要好在哪里？

【积累】

词人小传之六：李璟

李璟（916—961），字伯玉，徐州人，南唐烈祖李升的长子。公元943年嗣位称帝，年号保大，后因受到后周威胁，削去帝号，改称国主，史称南唐中主，庙号元宗。好读书，多才艺，具有较高的文学艺术修养。他的词，感情真挚，风格清新，语言不事雕琢，对南唐词坛产生过一定的影响。存词五首，其中《南唐二主词》收四首，《草堂诗余》收一首。其中他的"小楼吹彻玉笙寒"是流芳千古的名句。

一十一 摊破浣溪沙

五代·李 璟

手卷真珠上玉钩[①]，依前春恨锁重楼。
风里落花谁是主，思悠悠。

青鸟不传云外信[②]，丁香空结雨中愁[③]。
回首绿波三楚暮[④]，接天流。

【题解】

这首词借抒写男女之间的怅恨来表达作者的愁恨与感慨。上阕写重楼春恨，落花无主。下阕进一步写愁肠百结，有人认为此词并非一般的借景抒情之作，可能在南唐遭受后周严重威胁的历史背景下，作者借此寄托其彷徨无措的心情。

【注释】

①真珠：即珠帘。②青鸟：传说曾为西王母传递消息给武帝。这里指带信的人。③丁香结：丁香的花蕾。此诗人用以象征愁心。④三楚：指南楚、东楚、西楚。此泛指长江中下游地区。三楚地域，说法不一。这里用《汉书·高帝纪》注：江陵（今湖北江陵一带）为南楚。吴（今江苏吴县一带）为东楚。彭城（今江苏铜山县一带）为西楚。

【练习】

1. 明人李于鳞评论此词道：“上言落花无主之意，下言回首一方之思。写出阑珊春色，最是恼人天气。”结合这句话思考，本词在写作手法上有什么特色？

____

____

____

2. 近人俞陛云评论本词道：“其结句加‘思悠悠’、‘接天流’三字句，申足上句之意，以荡漾出之，较七字结句，别有神味。”结合这句话思考，本词两阕的结尾好在哪里？

一十二 虞美人

五代·李 煜

春花秋月何时了，往事知多少。
小楼昨夜又东风，故国不堪回首月明中。

雕栏玉砌应犹在[①]，只是朱颜改。
问君能有几多愁，恰似一江春水向东流。

【题解】

此词大约作于李煜归宋后的第三年（太平兴国三年，公元 978 年）。词中流露了不加掩饰的故国之思，据说是促使宋太宗下令毒死李煜的原因之一。全词以问起，以答结；由问天、问人而到自问，通过凄楚中不无激越的音调和曲折回旋、流走自如的艺术结构，使作者沛然莫御的愁思贯穿始终，形成沁人心脾的美感效应。全词抒写亡国之痛，意境深远，感情真挚，结构精妙，语言清新；词虽短小，余味无穷。近人王国维评之曰："唐五代之词，有句而无篇。南宋名家之词，有篇而无句。有篇有句，唯李后主降宋后之作，及永叔、子瞻、少游、美成、稼轩数人而已。" 法国作家缪塞说："最美的诗歌是最绝望的诗歌，有些不朽的篇章是纯粹的眼泪。"这首词就是这样的不朽之作。

【注释】

①雕栏玉砌：指远在金陵的南唐故宫。

【练习】

1. 清人陈廷焯评论此词道："一声恸哭，如闻哀猿，呜咽缠绵，满纸血泪。"结合本词的写作背景思考，本词抒发了作者怎样的思想感情？试结合文本，作简要分析。

2. 近人俞平伯评论本词道："盖诗词之作，曲折似难而不难，唯直为难。直者何？奔放之谓也。直不难，奔放亦不难，难在于无尽。'恰似一江春水向东流'，无尽之奔放，可谓难矣。"结合这句话思考，本词下阕的最后两句主要有何艺术特色？

【积累】

词人小传之七：李煜

李煜（937—978），字重光，初名从嘉，号钟隐。五代十国时南唐国君，亦为五代时出色的词人。徐州（今属江苏）人，一说湖州（今属浙江）人。南唐元宗李景第六子，宋建隆二年（961）继位，史称后主。开宝八年，国破降宋，俘至汴京，被封为右千牛卫上将军、违命侯。后为宋太宗毒死。李煜在政治上虽庸驽无能，但其艺术才华却非凡。李煜工书法，善绘画，精音律，诗和文均有一定造诣，尤以词的成就最高。李煜的词现存约三十二首，扩大了词的表现领域。其词主要收集在《南唐二主词》中。

一十三 破阵子

五代·李 煜

四十年来家国[①]，三千里地山河。
凤阁龙楼连霄汉[②]，玉树琼枝作烟萝[③]。几曾识干戈[④]？

一旦归为臣虏，沈腰潘鬓销磨[⑤]。
最是仓皇辞庙日[⑥]，教坊犹奏别离歌。垂泪对宫娥。

【题解】

这是李煜降宋之际的词作。公元975年，宋朝的军队打进金陵城（今江苏省南京市），南唐后主李煜投降做了俘虏。此词上阕写繁华，下阕写亡国，由建国写到亡国，极盛转而极衰，极喜而后极悲，中间用“几曾”，“一旦”二词贯穿转折，不露痕迹，却有千钧之力，悔恨之情溢于言表，真实地刻画了一个荒淫无能的亡国之君的形象。

【注释】

①四十年：南唐自建国至李煜作此词，为38年。此为虚数。②凤阁龙楼：指帝王居所。霄汉：天河。③玉树琼枝：形容树的美好。烟萝：形容树枝叶繁茂，如同笼罩着雾气。④识干戈：经历战争。⑤沈腰潘鬓：沈指沈约，曾有“革带常应移孔……以此推算，岂能支久”之语。后用沈腰指人日渐消瘦。潘指潘岳，曾云：“余春秋三十二，始见二毛。”后以潘鬓指中年白发。⑥庙：宗庙，古代帝王供奉祖先牌位的地方。

【练习】

1. 近人唐圭璋评论本词道："'最是'三句，忽忆当年临别时最惨痛之事。当年江南陷落之际，后主哭庙，宫娥哭主，哀乐声、悲歌声、哭声合成一片，直干云霄。宁复知人间何世耶！后主于此事，印象最深，故归汴以后，一念及之，辄为肠断。"结合这段话思考，本词下阕的最后三句有什么表达作用？

2. 近人唐圭璋评论本词道："上阕极写当年江南之豪华，气魄沉雄，实开宋人豪放一派；换头骤转被虏后之凄凉与被虏后之憔悴。今昔对照，警动异常。"结合这句话思考，本词运用的表现手法主要是什么？其表达效果如何？

一十四 浪淘沙令

五代·李　煜

帘外雨潺潺[1]，春意阑珊[2]。罗衾不耐五更寒[3]。
梦里不知身是客[4]，一晌贪欢[5]。

独自莫凭栏，无限江山。别时容易见时难。
流水落花春去也，天上人间。

【题解】

本词是李煜后期词的代表作之一。据《西清诗话》云："南唐李后主归朝后，每怀江国，且念嫔妾散落，郁郁不自聊，尝作长短句云：'帘外雨潺潺'云云，含思凄惋，未几下世。" 从本词低沉悲怆的基调中，透露出亡国之君绵绵不尽的故土之思，这堪称一支宛转凄苦的哀歌。李煜后期词反映了他亡国以后囚居生涯中的危苦心情，确实是"眼界始大，感慨遂深"，具有撼动读者心灵的惊人艺术魅力。

【注释】

①潺潺：形容雨声。②阑珊：衰残。③罗衾：绸被子。④身是客：指被拘汴京，形同囚徒。⑤一晌：一会儿，片刻。贪欢：指贪恋梦境中的欢乐。

【练习】

1. 明人沈际飞评论本词道："'梦里'语妙，哪知半生富贵，醒亦是梦耶？" 结合这句话思考，本词上阕的后两句主要好在什么地方？

____

____

____

2. 近人刘永济评论本词道：“此亦托为别情，实乃思念故国之词。‘流水’句，以比‘见时难’也。‘流水’、‘落花’、‘春去’，三事皆难重返者，未流、未落、未去之时，比之已流、已落、已去之后，有如天上比人间，以现重见别后江山，其难易相差，亦如此也。”结合这段话思考，本词的下阕主要运用了什么表现手法？其表达效果如何？

一十五 乌夜啼

五代·李 煜

无言独上西楼，月如钩。
寂寞梧桐深院锁清秋。

剪不断，理还乱，是离愁。
别是一番滋味在心头。

【题解】

这首写离愁的名作，极其凄婉动人。李后主通过精美的有意味的艺术形式，把离愁这样一个抽象的概念，变成了一种具有审美特征的象征意蕴。上阕写愁景，以凄婉笔触烘托环境；下阕写离情，以暗喻手法寄托哀思。全词写得深刻而又自然，用简短朴素的语言，创造出极美的意境，表达真实的思想感情。宋人黄昇评之曰："此词最凄婉，所谓'亡国之音哀以思'也。"清人陈廷焯则评之曰："（此词满是）凄凉况味，欲言难言，滴滴是泪。"

【练习】

1. 明人沈际飞评论本词道："七情所至，浅尝者说破，深尝者说不破。破之浅，不破之深。'别是'句妙。"结合这句话思考，本词下阕的结尾主要好在哪里？

______

______

______

层叠水绡　[宋] 马麟

江山秋色图　［北宋］ 赵伯驹

2. 近人唐圭璋评论此词道：“‘无言独上西楼’一句，叙事直起，画出后主愁容。其下两句，画出后主所处之愁境。举头见新月如钩，低头见桐阴深锁，俯仰之间，万感萦怀矣。此片写景亦妙，惟其桐阴深黑，新月乃愈显明媚也。”结合这段话思考，本词上阕在全词中有何表达作用？

一十六 乌夜啼

五代·李 煜

林花谢了春红，太匆匆。
无奈朝来寒雨晚来风。

胭脂泪①，留人醉，几时重②。
自是人生长恨水长东。

【题解】

此词将人生失意的无限怅恨寄寓在对暮春残景的描绘中，是即景抒情的典范之作。此词风情旖旎，缱绻幽凄，写尽人生无常，年华易逝的种种无奈，其境界之阔大、寄慨之深沉，可见一斑。令人千载之下读之，亦难以忘怀！

【注释】

①胭脂泪：指女子的眼泪。女子脸上搽有胭脂，泪水流经脸颊时沾上胭脂的红色，故云。②几时重：何时再度相会。

【练习】

1. 近人俞陛云评论本词道："后主为樊若水所卖，举国与人。词借伤春为喻，恨风雨之摧花，犹逆臣之误国，迨魁柄一失，如水之东流，安能挽沧海尾闾，复鼓回澜之力耶！"结合这段话思考，本词主要运用了什么表现手法？抒发了作者怎样的思想感情？

2. 近人唐圭璋评论本词道：“‘几时重’三字轻顿；‘自是’句重落。以水之必然长东，喻人之必然长恨，语最深刻。‘自是’二字，尤能揭出人生苦闷之意蕴。”结合这句话思考，本词下阕的结尾主要好在哪里？

北宋词选三十七首

一十七 渔家傲

北宋·范仲淹

塞下秋来风景异，衡阳雁去无留意①。
四面边声连角起②。千嶂里③，长烟落日孤城闭。

浊酒一杯家万里，燕然未勒归无计④。
羌管悠悠霜满地⑤。人不寐，将军白发征夫泪。

【题解】

公元1038年西夏元昊称帝后，连年侵宋。宋军一败于延州，再败于好水川，三败于定川寨。宋仁宗康定元年（1040），范仲淹自越州改任陕西经略副使兼知延州（今陕西延安）。延州当西夏出入关要冲，战后城寨焚掠殆尽，戍兵皆无壁垒，散处城中。此词即作于知延州时。上阕描绘边地的荒凉景象，下阕写戍边战士厌战思归的心情。这首词既表现了将军的英雄气概及征夫的艰苦生活，也暗寓对宋王朝重内轻外政策的不满。变低沉婉转之调为慷慨雄放之声，把有关国家的重大问题写到词里，可谓大手笔。

【注释】

①衡阳雁去：即"雁去衡阳"，指大雁离开这里飞往衡阳。②角：军中的号角。③嶂：像屏障一样并列的山峰。④燕然：山名，即今蒙古境内之杭爱山。东汉窦宪追击北匈奴，出塞三千余里，至燕然山刻石记功而还。⑤羌管：羌笛。

【练习】

1. 清人先著评论本词道:“一幅绝塞图,已包括于‘长烟落日’十字中。唐人塞下诗最工、最多,不意词中复有此奇境。”结合这句话思考,本词上阕的后两句主要好在哪里?

2. 近人刘永济评论本词道:“此词虽有思归之情而无怨尤之意。盖抵御侵略,义不容辞,然征夫久戍,亦非所宜,故词旨虽雄壮而取境却苍凉也。”你是否同意他对本词的艺术特色的分析,谈谈你的看法。

【积累】

词人小传之八:范仲淹

范仲淹(989—1052),字希文,北宋政治家,苏州吴县(今属江苏)人。幼孤,因母改嫁至京东路淄州长山县朱氏,改姓朱,名说。大中祥符八年(1015)进士及第,复本姓。天圣六年(1028),上书言朝廷得失、民间利弊,为宰相王曾所知,晏殊荐为秘阁校理。宋仁宗赵祯亲政,由陈州通判召为右司谏。以谏仁宗废皇后,出知睦州(今浙江建德东)、苏州。景佑二年(1035),权知开封府,舆论以为“朝廷无忧有范君,京师无事有希文”。因反对宰相吕夷简擅权,出知饶州(今江西波阳)、润州(今江苏镇江)、越州(今浙江绍兴)。宋西夏开战后,任陕西帅臣,西夏人说他“腹中自有数万甲兵”。庆历三年(1043)召为枢密副使,旋改参知政事。上疏条陈十事,大都被宋仁宗采纳,史称庆历新政。但因新政损害了官僚贵族的利益,遭到强烈反对,被诬为“朋党”。庆历五年,罢参知政事,出知邠(今陕西彬县)、邓(今河南邓县)、杭等州。皇佑四年(1052)卒,谥文正。有《范文正公集》传世。

一十八 苏幕遮

北宋·范仲淹

碧云天，黄叶地。秋色连波，波上寒烟翠。
山映斜阳天接水，芳草无情，更在斜阳外。

黯乡魂①，追旅思②。夜夜除非，好梦留人醉。
明月楼高休独倚，酒入愁肠，化作相思泪。

【题解】

此词抒写乡思旅愁，以铁石心肠人作黯然销魂语，尤见深挚。乡魂、旅思、愁肠、相思泪，映衬出触景生情、夜不能寐的客子离恨，秋景的动人足以反衬出客愁的深长。全词意境壮阔，构思谨严。情景交融，缠绵婉曲。此词以大景写哀情，别有悲壮之气，对宋代豪放派词作和元曲的创作都有较大影响，是一篇流传千古的名作。

【注释】

①黯：形容心情忧郁。黯乡魂：用江淹《别赋》“黯然销魂”语。②追：追随，可引申为纠缠。旅思：羁旅之思。

【练习】

1. 清人沈谦评论本词道：“范希文‘芳草无情，更在斜阳外’，虽是赋景，情已跃然。”结合这句话思考，本词上阕的最后两句主要好在哪里？

____

____

____

2. 明人许昂霄评论本词道：“‘酒入愁肠’二句，铁石心肠人，亦作此销魂语。”结合这句话思考，本词下阕的最后两句主要好在哪里？

一十九 天仙子

北宋·张　先

时为嘉禾小倅[①]，以病眠，不赴府会。

水调数声持酒听[②]，午醉醒来愁未醒。
送春春去几时回？
临晚镜，伤流景，往事后期空记省。

沙上并禽池上暝[③]，云破月来花弄影。
重重帘幕密遮灯。
风不定，人初静，明日落红应满径。

【题解】

这首词写的是伤春自伤之情。词人因身体不适，未赴府宴。独自在家，心中愈发惆怅。晚上闲步于花园，忽然风起，使他在偶然间捕捉到一个美丽景色，得到片刻的安慰后，又引发“明日落红”的伤感。上阕写伤春之情；下阕写景，通过景物来烘托词人伤春亦复自伤的心情。全词传递着一股伤春的愁绪，因词人已人近黄昏（五十二岁），因此与年少的闲愁又有所不同。作者因之被誉为“‘云破月来花弄影’郎中”。又因词中有三“影”字，被称为“张三影”。

【注释】

①嘉禾：秀州别称，治所在今浙江嘉兴。倅：副职。此指判官。②水调：曲调名。相传为隋炀帝所制，唐代很流行。③并禽：成双成对的禽鸟。

【练习】

1. 明人杨慎评论本词道："'云破月来花弄影'，景物如画，画亦不能至此，绝倒绝倒！"结合这句话思考，本词中的"云破月来花弄影"一句主要好在哪里？

2. 近人唐圭璋评论本词道："此首不作发越之语（发越：激昂），而自然韵高。中间自午至晚，自晚至夜，写来情景宛然。"结合这句话思考，本词在景物描写上有什么特点？其表达效果如何？

【积累】

词人小传之九：张先

张先（990—1078），字子野，乌程（今浙江湖州市）人。少游京师（今河南开封市），仁宗天圣八年（1030）进士，出知吴江县，后官至都官郎中。工词，内容反映都会生活、士大夫诗词生活和男女私情，故有"桃李嫁东风郎中"、"云破月来花弄影郎中"之名。因其有"云破月来花弄影"、"娇柔懒起，帘压卷花影"、"柳径无人，坠轻絮无影"三影字名句，人称"张三影"，又因其有"心中事"，"眼中泪"，"意中人"三句，人称"张三中"。晚年退居乡间，钓鱼自适。著有《文集》、《诗集》二十卷，《词》一卷。

〇二十 玉楼春·春景

北宋·宋 祁

东城渐觉风光好，縠皱波纹迎客棹[①]。
绿杨烟外晓寒轻，红杏枝头春意闹。

浮生长恨欢娱少，肯爱千金轻一笑。
为君持酒劝斜阳，且向花间留晚照[②]。

【题解】这首词为宋祁的成名之作。其中“红杏枝头春意闹”一句，更为千古传唱的佳句，词人因此得到“‘红杏枝头春意闹’尚书”之美誉。词的上阕写景，以轻灵的笔调，勾勒出一幅春光明媚的画卷，下阕由景入情，面对生机勃勃的春意发出感叹。词人当时身居要职，官务缠身，很少有机会或心思刻意从春天里寻求人生的乐趣，故而在词中表达了诗人对春天的珍视，对光阴的爱惜之真情。

【注释】
①縠皱：绉纱，比喻细细的水波纹。棹：船桨，代指船。②晚照：晚日的余晖。

【练习】
1. 近人唐圭璋评论本词道：“此首随意落墨，风流闲雅……而‘闹’字尤能撮出花繁之神，宜其擅名千古也。”结合这句话思考，本词上阕中的“闹”字主要好在哪里？

____

____

____

2. 明人李渔评论本词道："琢句炼字，虽贵新奇，亦须新而妥，奇而确。妥与确，总不越一理字，欲望句之惊人，先求理之服众。有最服予心者，'云破月来花弄影'郎中是也。有蜚声千载上下，而不能服强项之笠翁者，'红杏枝头春意闹'尚书是也……余谓闹字极粗极俗，且听不入耳，非但不可加于此句，并不当见之诗词。"你是否同意他对张先、宋祁二词的在"炼字"上的评价，请谈谈你的看法。

____

____

____

【积累】

词人小传之十：宋祁

宋祁（998—1061），字子京，安州安陆（今属湖北）人，徙居开封雍丘（今河南杞县）。仁守天圣二年（1024）与其兄宋庠同举进士。初任复州军事推官。召试，授直史馆。历官龙图阁学士、史馆修撰、知制诰、工部尚书、翰林学士承旨。曾与欧阳修同修《新唐书》。与其兄庠齐名，时呼"小宋、大宋"。因其词《玉楼春》中有"红杏枝头春意闹"之句，人称"红杏尚书"。为人喜奢侈，多游宴。其词多抒写个人生活情怀，未摆脱晚唐五代艳丽旧习，但构思新颖，语言流丽，描写生动，一些佳句流传甚广。原有文集一百五十卷，已散佚。清人辑有《宋景文集》；近人辑有《宋景文公集》；赵万里辑有《宋景文公长短句》。

二十一 踏莎行

北宋·欧阳修

候馆梅残[①]，溪桥柳细，草薰风暖摇征辔[②]。
离愁渐远渐无穷，迢迢不断如春水。

寸寸柔肠，盈盈粉泪[③]，楼高莫近危阑倚。
平芜尽处是春山，行人更在春山外。

【题解】

这是一首通过离别来写爱情相思的词作。前阕写行者忆家，后阕写居者忆外。前阕以景带情，后阕由情入景。景缘情生，景中有人，读来倍感真切，表现出欧词深婉的风格。明人李攀龙评之曰：“春水写愁，春山骋望，极切极婉。”

【注释】

①候馆：接待宾客的馆舍。暗用南北朝陆凯的诗意：“折梅逢驿使，寄与陇头人。江南无所有，聊赠一枝春。”驿路梅花正含有怀人之意。②薰：香气。辔：马缰，即以代表马。③盈盈：泪水满眼的样子。

【练习】

1. 近人俞陛云评论本词道：“唐宋人诗词中，送别怀人者，或从居者着想，或从行者着想，能言情婉挚，便称佳构。此词则两面兼写。”结合这句话思考，本词有何艺术特色？

2. 明人王世贞评论本词道："'平芜尽处是春山，行人更在春山外。'此淡语之有情者也。"结合这句话思考，本词下阕的结尾两句有何表达作用？

3. 清人陈廷焯评论本词道："（'离愁'二句）后主'离恨恰如春草'（语出李煜《清平乐》，见【链接】）二语，更绵远有致。"对比李煜、欧阳修二语，你更喜欢哪一句，为什么？

【链接】

清平乐

南唐 · 李煜

别来春半，触目柔肠断。
砌下落梅如雪乱，拂了一身还满。

雁来音信无凭，路遥归梦难成。
离恨恰如春草，更行更远还生。

【积累】

词人小传之十一：欧阳修

欧阳修（1007—1072），字永叔，号醉翁，晚号六一居士。北宋政治家、文学家，唐宋八大家之一。吉州永丰（今属江西）人。自称庐陵人，因为吉州原属庐陵郡。幼年丧父，在寡母抚育下读书。仁宗天圣八年（1030）进士。次年任西京（今洛阳）留守推官，与梅尧臣、尹洙结为至交，互相切磋诗文。景佑元年（1034），召试学士院，授任宣德郎，充馆阁校勘。景佑三年，范仲淹因上章批评时政，被贬饶州，欧阳修为他辩护，被贬为夷陵（今湖北宜昌）县令。

康定元年（1040），欧阳修被召回京，复任馆阁校勘，后知谏院。庆历三年（1043），范仲淹、韩琦、富弼等人推行“庆历新政”，欧阳修参与革新。庆历五年，范、韩、富等相继被贬，欧阳修也被贬为滁州（今安徽滁州）太守。以后，又知扬州、颍州（今安徽阜阳）、应天府（今河南商丘）。至和元年（1054）八月，奉诏入京，与宋祁同修《新唐书》。嘉祐二年（1057）二月，欧阳修以翰林学士身份主持进士考试，提倡平实的文风，录取了苏轼、苏辙、曾巩等人。这对北宋文风的转变很有影响。嘉祐五年（1060），欧阳修拜枢密副使。次年任参知政事。以后，又相继任刑部尚书、兵部尚书等职。英宗治平二年（1065），上表请求外任，不准。此后两三年间，因被蒋之奇等诬谤，多次辞职，都未允准。神宗熙宁二年（1069），王安石实行新法。欧阳修对青苗法曾表异议，且未执行。熙宁三年（1070），除检校太保宣徽南院使等职，坚持不受，改知蔡州（今河南汝南县）。这一年，他改号“六一居士”。熙宁四年（1071）六月，以太子少师的身份辞职，居颍州。卒谥文忠。

二十二 浣溪沙

北宋·晏　殊

一曲新词酒一杯，去年天气旧亭台。
夕阳西下几时回？

无可奈何花落去，似曾相识燕归来。
小园香径独徘徊[①]。

【题解】

此词虽含伤春惜时之意，却实为感慨抒怀之情。词之上阕绾合今昔，叠印时空，重在思昔；下阕则巧借眼前景物，着重写今日的感伤。全词语言圆转流利，通俗晓畅，清丽自然，意蕴深沉，启人神智，耐人寻味。词中对宇宙人生的深思，给人以哲理性的启迪和美的艺术享受。

【注释】

①小园香径：花园里飘着落花香味的小路。因落花满径，幽香四溢，故云香径。

【练习】

1. 近人唐圭璋评论本词道：“此首谐不邻俗，婉不嫌弱。明为怀人，而通体不着一怀人之语，但以景衬情。”结合这句话思考，本词在表现手法上有何特点？其表达效果如何？

____

____

____

2. 明人杨慎评论本词道：“‘无可奈何’二语工丽，天然奇偶。”结合这句话思考，本词下阕的前两句主要好在哪里？

____

____

____

【积累】

词人小传之十二：晏殊

晏殊（991—1055），字同叔，临川（今江西抚州）人。幼孤，少有才名，七岁能文章。景德初，以神童荐，赐同进士出身。擢秘书省正字。历任太常寺奉礼郎。翰林学士，太子左庶子，加给事中，迁礼部侍郎、枢密副使。因论事忤太后旨，以刑部侍郎知宣州，改应天府。后为御史中丞，改兵部侍郎，兼秘书监，资政殿学士，翰林侍读学士。明道元年（1032）迁参知政事，尚书左丞。庆历中官至加同中书门下平章事、集贤殿学士，兼枢密使。至和二年卒，年六十五，谥元献。晏殊“文章赡丽，应用不穷，尤工诗，闲雅有情思”（《宋史》本传）。其词擅长小令，多表现官僚士大夫的诗酒生活和闲情逸致。诗文集今已不传。有《珠玉词》三卷。

江山楼观图　[宋]　燕文贵

赤壁图卷　［北宋］ 乔仲常

二十三 临江仙

北宋 · 晏几道

梦后楼台高锁，酒醒帘幕低垂，去年春恨却来时①。
落花人独立，微雨燕双飞。

记得小蘋初见②，两重心字罗衣，琵琶弦上说相思。
当时明月在，曾照彩云归③。

【题解】

这是一首感旧怀人的名篇，当为作者别后怀思歌女小蘋所作。词之上阕写“春恨”，描绘梦后酒醒、落花微雨的情景。下阕写相思，追忆“初见”及“当时”的情况，表现词人苦恋之情、孤寂之感。全词在怀人的同时，也抒发了人世无常、欢娱难再的淡淡哀愁。表现了小山词特有的深婉沉着的风格，代表了作者在词的艺术上的最高成就，堪称婉约词中的绝唱。

【注释】

①春恨：春日离别的情思。却来：又来。②小蘋：是晏几道朋友家歌女的名字。③彩云：这里指小蘋。

【练习】

1. 近人俞陛云评论本词道：“‘落花’二句正春色恼人，紫燕犹解‘双飞’，而愁人翻成‘独立’。论风韵如微风过箫，论词采如红蕖照水。”结合这句话思考，本词上阕的后两句主要好在哪里？

2. 近人唐圭璋评论本词道："'当时'两句，则因见今时之月，想见当时之月，会照人归楼台，回应篇首，感喟无限。"结合这句话思考，本词下阕的后两句主要好在哪里？

【积累】

词人小传之十三：晏几道

晏几道（约1040—约1112），北宋词人，字叔原，号小山，抚州临川（今属江西）人。晏殊第七子。历任颍昌府许田镇监、乾宁军通判、开封府判官等。晚年家境中落。为人孤高自傲，性格狂放，阅世不深，是一个具有浓厚书生气的贵家没落子弟。黄庭坚在《小山词序》中说他有"四痴"：一是不依傍权贵；二是文章"不肯一作新进士语"；三是不会理家理财，"费资千百万"而"家人寒饥"；四是好心反遭恶报，"人百负之而不恨，已信人，终不疑欺已"。这是晏几道的绝妙画像，其词多感伤情调。有《小山词》。

二十四 鹧鸪天

北宋·晏几道

彩袖殷勤捧玉钟①，当年拼却醉颜红②。
舞低杨柳楼心月，歌尽桃花扇影风。

从别后，忆相逢，几回魂梦与君同。
今宵剩把银釭照③，犹恐相逢是梦中。

【题解】

这首词描写了与久别佳人重逢时，犹疑是梦的惊喜，和追忆别后对佳人苦苦的相思之情。上阕写往日的欢聚。下阕写当今的重逢。全词言情婉丽，文心曲妙，空灵雅致，足见小山本色。清人陈廷焯评之曰：“曲折深婉，自有艳词，更不得不让伊独步。”

【注释】

①彩袖：指代身穿彩色舞衣的歌女。玉钟：酒杯的美称。②拼却：不惜，甘愿。③剩把：尽把，只把，再三把。釭：灯。

【练习】

1. 清人陈廷焯评论此词曰：“仙乎丽矣。后半阕一片深情，低回往复，真不厌百回读也。言情之作，至斯已极。”结合这句话思考，本词主要抒发了作者怎样的思想感情？

2. 近人唐圭璋评论此词道:“老杜云:‘夜阑更秉烛,相对如梦寐’(语出杜甫《羌村》,见【链接】)。小晏用之,然有‘剩把’与‘犹恐’四字呼应,则惊喜俨然,变质直为宛转空灵矣。上言梦似真,今言真如梦,文心曲折微妙。”结合这句话思考,本词下阕的最后两句主要好在哪里?

____

____

____

【链接】

羌村

唐·杜甫

峥嵘赤云西,日脚下平地。
柴门鸟雀噪,归客千里至。
妻孥怪我在①,惊定还拭泪。
世乱遭飘荡,生还偶然遂。
邻人满墙头,感叹亦歔欷②。
夜阑更秉烛,相对如梦寐。

注:①妻孥:妻子和儿女。②歔欷:哽咽、抽泣、叹息,抽抽噎噎的不断哭泣。

二十五 鹤冲天

北宋·柳　永

黄金榜上①，偶失龙头望②。
明代暂遗贤③，如何向？
未遂风云便④，争不恣狂荡⑤？
何须论得丧。才子词人，自是白衣卿相⑥。

烟花巷陌⑦，依约丹青屏障⑧。
幸有意中人，堪寻访。
且恁偎红倚翠⑨，风流事，平生畅。
青春都一饷⑩。忍把浮名，换了浅斟低唱！

【题解】

这首词反映了柳永的狂放性格，带来了他人生路上一大波折。据吴曾《能改斋漫录》卷十六载："宋仁宗临轩放榜，视柳三变之名，忆彼《鹤冲天》词有'忍把浮名，换了浅斟低唱'之句，大怒，曰：'且去浅斟低唱，何要浮名！'乃黜落其功名。于是，柳永半是解嘲、半是哀怨，遂自称'奉旨填词柳三变'，流连坊曲。"

【注释】

①黄金榜：即黄榜，皇帝的文告用黄纸书写，故称。此指会试后发放的进士题名榜。②龙头：状元的别称。③明代：政治清明的时代。古人对自己所处时代的谀词。④风云便：《易·乾·文言》："云从龙，风从虎，圣人作而万物睹。"比喻人生际遇，事业得意。此指中进士。⑤争：怎么。恣：放纵。⑥白衣：古代平民穿白衣，指无功名的人。⑦烟花：妓女的代称。⑧依约：隐约。丹青屏障：绘有彩画的屏风。⑨恁：这样。偎：紧贴，挨着。红翠：指穿红着绿的年轻女子，即歌女。⑩一饷：片刻，短暂的时间。

【练习】

1. 近人刘永济评论此词道："此词即仁宗据以落柳永之第者。封建时代，如有失意于科第之人，便生不重视科第之念，乃人主所深恶。此词乃柳永初试不及第所作，语皆狂放。"结合这句话思考，本词主要抒发了作者怎样的思想感情？哪些语句触怒了宋仁宗？

2. 宋人徐度评论柳永道："（柳永）其词虽极工致，然多杂以鄙语，故流俗之人尤善道之。其后，欧、黄诸公继出，文格一变，至为歌词，体制高雅，柳氏之作，殆不复称于文士之口，然流俗好之自若也。"结合这段话思考，柳永词的语言风格主要有什么特点？在本词中主要表现在哪些地方？

【积累】

词人小传之十四：柳永

柳永（约987—约1053），原名三变，字景庄。后改名永，字耆卿。排行第七，又称柳七。崇安（今福建武夷山）人。北宋词人，婉约派最具代表性的人物之一，代表作《雨霖铃》。宋仁宗朝进士，官至屯田员外郎，故世称柳屯田。他自称"奉旨填词柳三变"，以毕生精力作词，并以"白衣卿相"自许。是北宋专力写词的第一人。他在扩大词境、发展慢词、丰富词作表现手法上都有杰出贡献。有《乐章集》。

二十六 风栖梧

北宋·柳　永

伫倚危楼风细细，望极春愁，黯黯生天际①。
草色烟光残照里，无言谁会凭栏意。

拟把疏狂图一醉②，对酒当歌，强乐还无味③。
衣带渐宽终不悔④，为伊消得人憔悴。

【题解】

这是一首怀人词。上阕写登高望远，离愁油然而生。下阕写主人公为消释离愁，决意痛饮狂歌。此词采用“曲径通幽”的表现方式，抒情写景，感情真挚，巧妙地把漂泊异乡的落魄感受，同怀恋意中人的缠绵情思融为一体。妙在紧扣“春愁”即“相思”，却又迟迟不肯说破，如此影影绰绰，扑朔迷离，千回百折，直到最后才使真相大白。

【注释】

①黯黯：迷蒙不明。②拟把：打算。疏狂：粗疏狂放，不合时宜。③强乐：强颜欢笑。④衣带渐宽：指人逐渐消瘦。语本《古诗》：“相去日已远，衣带日已缓。”

【练习】

1. 近人俞陛云评论此词道：“长守尾生抱柱之信（相传尾生与女子约定在桥梁相会，久候女子不到，水涨，乃抱桥柱而死。典出《庄子·盗跖》。后用以比喻坚守信约），拼减沈郎腰带之围（沈郎指沈约，沈郎腰瘦：泛指因故腰细的男子），真情至语。”结合这句话思考，本词主要抒发了作者怎样的思想感情？

2. 清人王又华评论本词道：“小词以含蓄为佳，亦有作决绝语而妙者，如韦庄‘陌上谁家年少，足风流。妾拟将身嫁与，一生休。纵被无情弃，不能羞’（语出韦庄《思帝乡》，见【链接】）之类是也。柳耆卿‘衣带渐宽终不悔，为伊消得人憔悴’，亦即韦意而气加婉。”结合这段话思考，本词在抒情方式上有什么特色？其表达效果如何？

【链接】

思帝乡

唐·韦庄

春日游，杏花吹满头。陌上谁家年少？足风流。
妾拟将身嫁与，一生休。纵被无情弃，不能羞！

二十七 雨霖铃

北宋·柳　永

寒蝉凄切，对长亭晚，骤雨初歇。
都门帐饮无绪[①]，留恋处，兰舟催发[②]。
执手相看泪眼，竟无语凝噎[③]。
念去去，千里烟波，暮霭沉沉楚天阔[④]。

多情自古伤离别，更那堪、冷落清秋节[⑤]！
今宵酒醒何处？杨柳岸、晓风残月。
此去经年[⑥]，应是良辰好景虚设。
便纵有、千种风情，更与何人说？

【题解】

这首词是他离开都城汴京（现在河南开封）时写的，抒发了跟情人难分难舍的感情。同时抒发了对自身遭遇的感慨和备受压抑的愤懑之情。宦途的失意和与恋人的离别，两种痛苦交织在一起，使词人更加感到前途的暗淡和渺茫。词的上阕写临别时的情景，下阕主要写别后情景。全词层层铺叙，情景交融，委婉多致，表现了柳词“细密而妥溜，明白而家常”的特点，状难状之景，达难达之情，而出之以自然。

【注释】

①都门帐饮：在京都郊外搭起帐幕设宴饯行。②兰舟：据《述异记》载，鲁班曾刻木兰树为舟。后用作船的美称。③凝噎：悲痛气塞，说不出话来。④暮霭：傍晚的云气。沉沉：深厚的样子，⑤清秋节：萧瑟冷落的秋季。⑥经年：经过一年或多年，此指年复一年。

【练习】

1. 清人刘熙载评论本词道："词有点有染（详见【链接】)。柳耆卿《雨霖铃》云：'多情自古伤离别，更那堪、冷落清秋节。今宵酒醒何处？杨柳岸、晓风残月。'上二句点出离别冷落，'今宵'二句，乃就上二句意染之。点染之间，不得有他语相隔；隔则警句亦成死灰矣。"结合这句话思考，本词下阕的前四句主要好在哪里？

____

____

____

2. 清人沈谦评论本词道："词不在大小深浅，贵于移情（移情是将人的主观感情移到客观事物上，反过来又用被感染了的客观事物衬托主观情绪，使物我一体，集中地表达强烈感情的一种修辞手法）。'晓风残月'、'大江东去'，体制虽殊，读之皆若身历其境，惝恍迷离，不能自主，文之至也。"结合这句话思考，本词主要好在哪里？

____

____

____

【链接】

点　染

点染，本来是指书画家挥笔作书作画。其后画家以此作为笔法——点染、设色。文艺理论家引以概括词的表现手法，并将"点与染分开说，而引词以证之"。如清代刘熙载所论。刘之所谓点，就是点明，将所要抒写的情感、道理，一语点明，使读者了然于胸；所谓染，就是渲染、烘托，即以具体的事物、景物将所点明的情感、道理烘托出来，以便读者对其能更具体、更生动地把握。但必须强调的是，点染之间不能"有他语相隔"，只能是一气而下。

二十八 八声甘州

北宋·柳 永

对潇潇暮雨洒江天，一番洗清秋①。
渐霜风凄紧②，关河冷落，残照当楼。
是处红衰翠减③，苒苒物华休④。
惟有长江水，无语东流。

不忍登高临远，望故乡渺邈⑤，归思难收。
叹年来踪迹，何事苦淹留⑥？
想佳人、妆楼颙望⑦，误几回、天际识归舟。
争知我、倚栏干处，正恁凝愁⑧！

【题解】

这首传颂千古的名作，通过描写羁旅行役之苦，表达了强烈的思归情绪，语浅而情深。此词章法结构细密，写景抒情融为一体，以铺叙见长。词中思乡怀人之意绪，铺展尽致。清人陈廷焯评论此词道：“情景兼到，骨韵俱高，无起伏之情，有生动之趣，古今杰构，耆卿集中仅见之作。”近人王国维更以此与苏轼《水调歌头》媲美，认为此二作皆“格高千古，不能以常调论也”。

【注释】

①一番洗清秋：一番风雨，洗出一个凄清的秋天。②霜风凄紧：秋风凄凉紧迫。③是处红衰翠减：到处花草凋零。是处，处处。红，翠，指代花草树木。④苒苒：渐渐地。⑤渺邈：遥远。⑥淹留：久留。⑦颙望：抬头远望。⑧争：怎。恁：这样。

【练习】

1. 清人沈祥龙评论此词道:“词韶丽处,不在涂脂抹粉也。颂耆卿‘渐霜风凄紧，关河冷落，残照当楼’句，自觉神魂欲断。盖皆在神不在迹也。”结合这句话思考，本词上阕的“渐霜风凄紧”句主要好在哪里?

2. 近人唐圭璋评论本词道:“‘想’字贯至‘舟’字,皆是从对面着想,与少陵之‘香雾云鬟湿,清辉玉臂寒’(语出杜甫《月夜》)作法相同。小谢诗云‘天际识归舟’(语出谢朓《之宣城郡出新林浦向板桥》),屯田用其语，而加‘误几回’三字，更觉灵动。”结合这句话思考，本词下阕的“想佳人”数句主要好在哪里?

二十九 桂枝香

北宋·王安石

登临送目，正故国晚秋①，天气初肃。
千里澄江似练②，翠峰如簇③。
征帆去棹残阳里④，背西风、酒旗斜矗。
彩舟云淡，星河鹭起⑤，画图难足。

念往昔，豪华竞逐，叹门外楼头⑥，悲恨相续。
千古凭高，对此漫嗟荣辱⑦。
六朝旧事随流水，但寒烟衰草凝绿。
至今商女，时时犹唱，《后庭》遗曲⑧。

【题解】

王安石在神宗熙宁初出任江宁知府（府治即今南京市），两年后即入中枢为相。这首词当作于任知府期间。这首词通过对六朝历史教训的认识，表达了他对北宋社会现实的不满，透露出居安思危的忧患意识。上阕写登临所见，作者在一派肃爽的晚秋天气中登高临远，看到了金陵最有特征的风景。下阕抒登临所感，笔锋一转，切入怀古的题旨。上阕雄健，下阕冷峭；境界阔大，风格高峻，寓意深远。《古今词话》评之曰："金陵怀古，诸公寄词于《桂枝香》，凡三十余首，独介甫最为绝唱。"

【注释】

①故国：旧时的都城，指金陵。②澄江：清澈的长江。练：白色的绢。③如簇：这里指群峰好像丛聚在一起。簇：丛聚。④去棹：停船。⑤星河鹭起：白鹭从水中沙洲上飞起。星河：指长江。⑥门外楼头：指南朝陈亡国惨剧。语出杜牧《台城曲》"门外韩擒虎，楼头张丽华。"

韩擒虎是隋朝开国大将，他带兵来到金陵朱雀门外时，陈后主尚与宠妃张丽华在结绮阁上寻欢作乐。⑦漫嗟荣辱：空叹什么荣耀耻辱。⑧《后庭》遗曲：指歌曲《玉树后庭花》，传为陈后主所作。杜牧《泊秦淮》："商女不知亡国恨，隔江犹唱《后庭花》。"

【练习】

1. 宋人张炎评论本词道："词以意趣为主，要不蹈袭前人语意。如东坡中秋《水调歌头》、王荆公金陵怀古《桂枝香》，此数词皆清空中有意趣，无笔力者未易到。"结合这句话思考，本词的"意趣"主要有哪些新颖之处？

______

______

______

2. 近人唐圭璋评论本词道："此首为金陵怀古之词，以笔力峭劲，为东坡所叹赏。上阕写金陵之景，下阕抒怀古之情。'登临送目'四字，笼罩全篇。"结合这句话思考，本词的开头"登临送目"四字在全篇中有何作用？

______

______

______

【积累】

词人小传之十五：王安石

王安石（1021—1086），临川人（今江西省东乡县），字介甫，晚号半山。北宋杰出的政治家、思想家、文学家、改革家，唐宋八大家之一。在文学方面具有突出成就。著有《临川先生文集》。他出生在一个小官吏家庭。少好读书，记忆力强，受到较好的教育。庆历二年（1042）登进士第四名，先后任淮南判官、鄞县知县、舒州通判、常州知州、提点江东刑狱等地方的官吏。治平四年（1067）神宗初即位，诏安石知江宁府，旋召为翰林学士。熙宁二年（1069）提为参知政事，从熙宁三年起，两度任同中书门下平章事，推行新法。熙宁九年罢相后，隐居，病死于江宁（今江苏南京市）钟山，谥号"文"，又称王文公。被列宁誉为"中国十一世纪伟大的改革家"。

○三十 念奴娇·赤壁怀古

北宋·苏 轼

大江东去，浪淘尽，千古风流人物。
故垒西边①，人道是，三国周郎赤壁②。
乱石穿空，惊涛拍岸，卷起千堆雪。
江山如画，一时多少豪杰!

遥想公瑾当年，小乔初嫁了③，雄姿英发。
羽扇纶巾④，谈笑间，樯橹灰飞烟灭⑤。
故国神游⑥，多情应笑我，早生华发⑦。
人生如梦，一尊还酹江月⑧。

【题解】

这首词作于神宗元丰五年（1082），时因“乌台诗案”被贬黄州已两年余。黄州城外的赤鼻矶风景优美，是文人清赏之地。作者吊古伤怀，借古代传诵的英雄业绩，思自己历遭之挫折，抒发了他内心忧愤的情怀。上阕以描写赤壁矶风起浪涌的自然风景为主，意境开阔博大，感慨隐约深沉。下阕怀周瑜，并怀古伤己，以自身感慨作结。全词感慨古今，雄浑苍凉，大气磅礴，昂扬郁勃，把人们带入江山如画、奇伟雄壮的景色和深邃无比的历史沉思中，唤起读者对人生的无限感慨和思索，给人以撼魂荡魄的艺术力量。誉之者如胡仔《苕溪渔隐丛话》称其“语意高妙，真古今绝唱”。贬之者如俞文豹《吹剑续录》所云：“东坡在玉堂，有幕士善讴。因问：‘我词比柳七何如？’对曰：‘柳郎中词，只好合十七八女孩儿，执红牙板，歌杨柳岸晓风残月。学士词，须关西大汉，执铁板，唱大江东去。’公为之绝倒。”

【注释】

①故垒：黄州古老的城堡，可能是古战场的陈迹。②周郎：周瑜，字公瑾，为吴建威中郎将，时年 24 岁，吴中皆呼为“周郎”。③小乔：乔玄的小女儿，周瑜之妻。④羽扇纶巾：手摇羽扇，头戴纶巾。这是古代儒将的装束，形容周瑜从容娴雅。纶巾：古代配有青丝带的头巾。⑤樯橹：指曹操的水军战船。樯：挂帆的桅杆。橹：一种摇船的桨。⑥故国：指旧地，当年的赤壁战场。⑦华发：花白的头发。⑧尊：通“樽”，酒杯。酹：古人祭奠时以酒浇在地上祭奠。

【练习】

1. 清人黄苏评论本词道：“题是怀古，意谓自己消磨壮心殆尽也……题是赤壁，心实为己而发。周郎是宾，自己是主。借宾定主，寓主于宾。是主是宾，离奇变幻，细思方得其主意处。不可但诵其词，而不知命意所在也。”结合这段话思考，本词在写作手法上有什么特色？主要抒发了作者怎样的思想感情？

2. 近人俞陛云评论本词道：“江东战伐，惟孙曹事于往史最有特色，临风酹酒，俯仰兴亡，是何等气概！起笔入门下马，已气压江东。‘乱石’三句，壮健称题。‘江山’二句，尤深雄慨。”结合这段话思考，本词的上阕在写景上有何艺术特色？

落花游鱼图　　[北宋] 刘　寀

春江帆景图　　［南宋］ 无　款

【积累】

词人小传之十六：苏轼

苏轼（1037—1101），字子瞻，号东坡居士，眉山（今四川眉山县）人。宋仁宗嘉祐二年中进士，宋神宗时，王安石实行变法，他持不同政见，因而被外放到杭州、密州（今山东诸城县）、徐州、湖州等地做地方官。后被新党中部分人罗织文字狱，兴起“乌台诗案”，下狱史狱，经救援出狱，贬为黄州（今湖北省黄冈县）团练副使。旧党执政后，被招还，任翰林学士、礼部尚书。但又与旧党意见分歧，遭排挤出任杭州、颍州等地地方官。当变了质的新党再度上台，苏轼又被贬到惠州（今广东惠州）、儋州（今海南岛儋县）等地，徽宗即位时遇赦北还，死于常州。苏轼是一位才华横溢的艺术家，他在诗、词、散文、书法、绘画等各个艺术领域都有杰出的成就。他的词，开拓了词的境界，其风格豪放婉约兼而有之。著有《东坡乐府》。

三十一　卜算子·黄州定惠院寓居作

北宋·苏　轼

缺月挂疏桐，漏断人初静[①]。
谁见幽人独往来，缥缈孤鸿影[②]。

惊起却回头，有恨无人省[③]。
拣尽寒枝不肯栖，寂寞沙洲冷。

【题解】

这首词是元丰五年（1082）十二月苏轼初贬黄州寓居定慧院时所作。词中借月夜孤鸿这一形象托物寓怀，表达了词人孤高自许、蔑视流俗的心境。上阕前两句营造了一个夜深人静、月挂疏桐的孤寂氛围，为幽人、孤鸿的出场作铺垫。下阕专写孤鸿遭遇不幸，心怀幽恨，惊恐不已，拣尽寒枝不肯栖息，只好落宿于寂寞荒冷的沙洲。作者"以性灵咏物语"，取神题外，意中设境，托物寓人；在对孤鸿和月夜环境背景的描写中，选景叙事均简约凝练，空灵飞动，含蓄蕴藉，生动传神，具有高度的典型性。

【注释】

①漏断：漏壶里的水光了，指深夜。②缥缈：隐约貌。③省：了解，明白。

【练习】

1. 清人黄苏评论本词道："此词乃东坡自写在黄州之寂寞耳。初从人说起，言如孤鸿之冷落，第二阕专就鸿说，语语双关。格奇而语隽，斯为超诣神品。"结合这句话思考，本词在写作手法上有什么特色？主要抒发了作者怎样的思想感情？

2. 宋人黄庭坚评论本词道："东坡道人在黄州时作，语意高妙，似非吃烟火食人语，非胸中有万卷书，笔下无一点尘俗气，孰能至此？"结合这句话思考，本词在艺术风格上有何"高妙"之处？

三十二 定风波

北宋·苏 轼

三月七日沙湖道中遇雨。雨具先去，同行皆狼狈，余独不觉，已而遂晴，故作此。

莫听穿林打叶声，何妨吟啸且徐行①。
竹杖芒鞋轻胜马②，谁怕？一蓑烟雨任平生。

料峭春风吹酒醒③，微冷，山头斜照却相迎。
回首向来萧瑟处④，归去，也无风雨也无晴。

【题解】

此词作于宋神宗元丰五年（1082），苏轼贬谪黄州后的第三年。它通过野外途中偶遇风雨这一生活中的小事，于简朴中见深意，于寻常处生奇警，表现出旷达超脱的胸襟，寄寓着超凡超俗的人生理想。上阕写遇雨后的情境，下阕是写天气转晴。纵观全词，一种醒醉全无、无喜无悲、胜败两忘的人生哲学和处世态度呈现在读者面前。

【注释】

①吟啸：吟诗、长啸，表示意态闲适。②芒鞋：草鞋。③料峭春风：带着几分寒意的春风。④萧瑟处：作者遇雨的处所。萧瑟：风雨吹打树林的声音。

【练习】

1. 近人郑文焯评论本词道："此足证是翁坦荡之怀，任天而动。"结合这句话思考，本词主要抒发了作者怎样的思想感情？

2. 近人刘永济评论本词道："东坡时在黄州，此词乃写途中遇雨之事。中途遇雨，事极寻常，东坡却能于此寻常事故中写出其平生学养……盖有学养之人，随时随地，皆能表现其精神。东坡一生在政治上之遭遇，极为波动，时而内召，时而外用，时而位置于清要之地，时而放逐于边远之区，然而思想行为不因此而有所改变，反而愈遭挫折，愈见刚强，挫折愈大，声誉愈高。此非可倖致者，必平日有修养，临事能坚定，然后可得此效果也。"结合这句话思考，本词在写作手法上有什么特点？其表达效果如何？

三十三 临江仙·夜归临皋

北宋·苏 轼

夜饮东坡醒复醉①，归来仿佛三更。
家童鼻息已雷鸣，敲门都不应，倚杖听江声。

长恨此身非我有，何时忘却营营②。
夜阑风静縠纹平③。小舟从此逝，江海寄余生。

【题解】

宋神宗元丰五年（1082）九月作于黄州。临皋，即临皋亭，乃长江边的一个水驿官亭，在黄州朝宗门外。作者元丰三年由定惠院移居于此。此词以夜饮醉归这件生活小事为由，即兴抒怀，展现了作者谪居黄州时期旷达而又伤感的心境。上阕叙写东坡豪饮后醉归临皋之景。下阕即是词人“倚杖听江声”时的哲思。全词语言舒展自如，简练生动，在情感上，飘逸旷达与悲凉伤感交织一处，是词人谪居黄州时期复杂心境的最好展现。

【注释】

①东坡：本为黄州城东的旧营地。作者于本年春在此开荒植树，仰慕白居易在四川忠州东坡躬耕之事，遂名此地为“东坡”，并取以为号。又建雪堂，其时堂未建成，故仍回临皋止宿。②营营：为名利所纷扰。③夜阑：夜深。縠纹：喻指水面上细小的波纹。縠，有皱纹的纱。

【练习】

1. 近人俞陛云评论本词道:“(本词)写江上夜归情景,忽欲扁舟入海,此老胸次,时有绝尘霞举之思。”结合这句话思考,本词主要抒发了作者怎样的思想感情?

2. 本词下阕的“长恨”句语出《庄子 · 知北游》:“舜问乎丞曰:‘道可得而有乎?’曰:‘汝身非汝有也,汝何得有夫道?’舜曰:‘吾身非吾有也,孰有之哉?’曰:‘是天地之委形也。’”结合这段话思考,本词下阕的前两句主要好在哪里?

三十四 江城子·密州出猎

北宋·苏 轼

老夫聊发少年狂，左牵黄，右擎苍①。
锦帽貂裘②，千骑卷平冈。
为报倾城随太守③，亲射虎，看孙郎④。

酒酣胸胆尚开张⑤，鬓微霜，又何妨？
持节云中，何日遣冯唐⑥？
会挽雕弓如满月，西北望，射天狼⑦。

【题解】

这首词作于熙宁八年（公元 1075 年），当时作者在密州任知州。此词即公认的第一首豪放词，在题材和意境方面都具有开拓意义。上阕叙事，下阕抒情，气势雄豪，淋漓酣畅，一洗绮罗香泽之态，读之令人耳目一新。全词表现了作者的胸襟见识，希望理想，一波三折，姿态横生，狂态毕露，充满阳刚之美，成为历久弥珍的名篇。

【注释】

①左牵黄：左手牵黄狗。右擎苍：右臂举着苍鹰。古人打猎时用狗和鹰来捕捉猎物。②锦帽：头戴锦蒙帽。貂裘：身穿貂鼠皮衣。③倾城：全城人。④亲射虎，看孙郎：为“看孙郎，亲射虎”的倒句。孙郎：孙权。《三国志·吴志·孙权传》载：“二十三年十月，权将如吴，亲乘马射虎于凌亭，马为虎伤。权投以双戟，虎却废。常从张世，击以戈、获之。”此以孙权喻太守。⑤酒酣胸胆尚开张：极兴畅饮，胸怀开阔，胆气横生。⑥“持节”句：是说朝廷何日派遣冯唐去云中郎赦免魏尚的罪呢？典出《史记·冯唐列传》。汉文帝时，魏尚为云中太守。因报功文书上所载杀敌的数字与实际不合（虚

报了六个），被削职。经冯唐代为辨白后，文帝派冯唐“持节”去赦免魏尚的罪，让魏尚仍然担任云中郡太守。节：古代使节用以取信的凭证。⑦天狼：星名，一称犬星，旧说主侵掠。此隐喻侵犯北宋边境的辽国与西夏。

【练习】

1. 有人认为，在本词中，一个“狂”字笼罩全篇，借以抒发了作者胸中雄健豪放的一腔磊落之气。你是否同意他的观点？请谈谈你的看法。

2. 苏轼在《与鲜于子骏书》中对本词的写作背景交代道：“近却颇作小词，虽无柳七郎风味（柳七郎：柳永），亦自是一家。呵呵，数日前，猎于郊外，所获颇多，作得一阕（即本词），令东州壮士抵掌顿足而歌之，吹笛击鼓以为节，颇壮观也。”结合这段话思考，本词在艺术风格上有什么特点？主要表现在哪些地方？

三十五 江城子·乙卯正月二十日夜记梦

北宋·苏　轼

十年生死两茫茫[①]，不思量，自难忘。
千里孤坟，无处话凄凉。
纵使相逢应不识，尘满面，鬓如霜。

夜来幽梦忽还乡，小轩窗[②]，正梳妆。
相顾无言，惟有泪千行。
料得年年肠断处，明月夜，短松冈[③]。

【题解】

这首词是苏轼为怀念亡妻王弗而作，是悼亡词。王弗，四川眉山县人，乡贡进士王方之女，聪明沉静，知书达礼。十六岁嫁与十九岁的苏轼，夫妻恩爱，红袖添香，琴瑟和鸣。可惜天妒红颜，于治平二年卒于京师，归葬苏家四川祖坟。熙宁八年，苏轼因政见之争，外放密州，一日夜梦亡妻，作此词。这首词将梦境与现实交融而为一体，既是悼亡，也是伤时，把哀思与自叹相融，情真意切，读之催人泪下。

【注释】

①茫茫：不明貌。②轩窗：门窗。③短松冈：指墓地，在遍植松树的小山冈上。

【练习】

1. 本词名曰“记梦”，在词中找出作者描写梦境的句子，分析其在全词中的表达作用。

2. 近人唐圭璋评论本词道：“此首为公悼亡之作。真情郁勃，句句沉痛，而音响凄厉，诚后山所谓‘有声当彻天，有泪当彻泉’也（语出陈师道《妾薄命》，见【链接】。陈师道，号后山居士）。”结合这句话思考，本词主要好在哪里？

【链接】

妾薄命

北宋 · 陈师道

主家十二楼，一身当三千。
古来妾薄命，事主不尽年。
起舞为主寿，相送南阳阡。
忍著主衣裳，为人作春妍。
有声当彻天，有泪当彻泉。
死者恐无知，妾身长自怜。

三十六 水调歌头

北宋·苏 轼

丙辰中秋，欢饮达旦，大醉，作此篇，兼怀子由。

明月几时有？把酒问青天①。
不知天上宫阙，今夕是何年②。
我欲乘风归去，又恐琼楼玉宇③，高处不胜寒。
起舞弄清影④，何似在人间？

转朱阁，低绮户，照无眠。
不应有恨，何事长向别时圆？
人有悲欢离合，月有阴晴圆缺，此事古难全。
但愿人长久，千里共婵娟⑤。

【题解】

本词作于神宗熙宁九年（1076）的中秋节，当时苏轼任密州知府。中秋，皓月当空，银光泻地，苏轼想起了分别七年的苏辙。词人举杯望月，心中生起无限遐思，不禁触景生情，睹物思人。本词通篇咏月，却处处契合人事，在月的阴晴圆缺中，渗进浓厚的哲学意味。意境虚虚实实，文字在幻想与现实中穿梭，思绪在天上与人间中徘徊。孤独的作者终于求得出路，离合的悲欢，政途的苦闷，只得借自宽自慰来消解，只能旷达地一笑而过。宋人胡仔评之曰："中秋词，自东坡《水调歌头》一出，余词皆废。"

【注释】

①把酒：持酒，端着酒杯。②今夕是何年：古代神话传说，天上只三日，世间已千年。古人认为天上神仙世界年月的编排与人间是不相同的。所以作者有此一问。③琼楼玉宇：白玉砌成的楼阁，相传月亮上有此美丽建筑。④弄清影：在月光下起舞，自己的影子也翻动不已，仿佛自己和影子一起嬉戏。⑤婵娟：颜色好看的样子，这里指月亮里的嫦娥，代指月亮。

【练习】

1. 清人黄苏评论本词道："通首只是咏月耳……缠绵惋恻之思，愈转愈曲，愈曲愈深。忠爱之思，令人玩味不尽。"结合这句话思考，本词既然名为"怀子由"，却"通首只是咏月"，作者这样写有什么好处？

____

____

____

2. 近人郑文焯评论本词道："开端从太白仙心脱化（指李白的《把酒问月》，见【链接】），顿成奇逸之笔。"结合这句话思考，本词的开头两句主要好在哪里？

____

____

____

3. 近人唐圭璋评论本词道："（'但愿'二句）原意虽从谢庄《月赋》'隔千里兮共明月'句化出，然坡公加'但愿'二字，则情更深，意更厚矣。"结合这句话思考，本词的最后两句主要好在哪里？

____

____

____

【链接】

把酒问月

唐 · 李白

青天有月来几时，我今停杯一问之。
人攀明月不可得，月行却与人相随。
皎如飞镜临丹阙[①]，绿烟灭尽清辉发[②]。
但见宵从海上来，宁知晓向云间没。
白兔捣药秋复春[③]，嫦娥孤栖与谁邻[④]。
今人不见古时月，今月曾经照古人。
古人今人若流水，共看明月皆如此。
唯愿当歌对酒时，月光常照金樽里[⑤]。

注：①丹阙：朱红色的宫门。②绿烟：指遮蔽月光的浓重的云雾。③白兔捣药：古代的神话传说，西晋傅玄《拟天问》："月中何有，白兔捣药。"④嫦娥：传说中后羿的妻子，偷吃了后羿的仙药，成为仙人，奔入月中。见《淮南子 · 览冥训》。⑤金樽：精美的酒具。

三十七 蝶恋花

北宋·苏　轼

花褪残红青杏小。燕子飞时，绿水人家绕。
枝上柳绵吹又少①，天涯何处无芳草？

墙里秋千墙外道。墙外行人，墙里佳人笑。
笑渐不闻声渐悄②，多情却被无情恼③。

【题解】

这是一首感叹春光流逝、佳人难见的小词，宋哲宗绍圣三年（1096）作于惠州贬所，甚或更早。词人的失意情怀和旷达的人生态度于此亦隐隐透出。上阕写春光将尽，伤春中隐含思乡情怀。下阕抒写闻声而不见佳人的懊恼和惆怅。全词构思新巧，奇情四溢，寓庄于谐，语言回环流走，风格清新婉丽。《词林纪事》卷五引《林下词谈》云：“子瞻在惠州，与朝云闲坐。时青女初至（青女：天神，主霜雪。此借指霜雪），落木萧萧，凄然有悲秋之意。命朝云把大白，唱‘花褪残红’，朝云歌喉将啭，泪满衣襟。子瞻诘其故，答曰：‘奴所不能歌者，是枝上柳绵吹又少，天涯何处无芳草也！’子瞻翻然大笑，曰：‘是吾正悲秋，而汝又伤春矣。’遂罢。朝云不久抱疾而亡。子瞻终身不复听此词。”

【注释】

①柳绵，柳絮。②悄：消失。③多情：指墙外行人。无情：指墙里佳人。

【练习】

1. 近人俞陛云评论本词道："絮飞花落，每易伤春，此独作旷达语。下阕墙内外之人，干卿底事？殆偶闻秋千笑语，发此妙想，多情而实无情，是色是空，公其有悟耶？"结合这段话思考，本词主要抒发了作者怎样的思想感情？

____

____

____

2. 明人俞彦评论本词道："古人好词，即一字未易弹，亦未易改。子瞻'绿水人家绕'，别本'绕'作'晓'，为《古今词话》所赏。愚谓'绕'字虽平，然是实境；'晓'字无皈着，试通咏全篇便见。"你是否同意他的观点，请谈谈你对这个问题的看法。

____

____

____

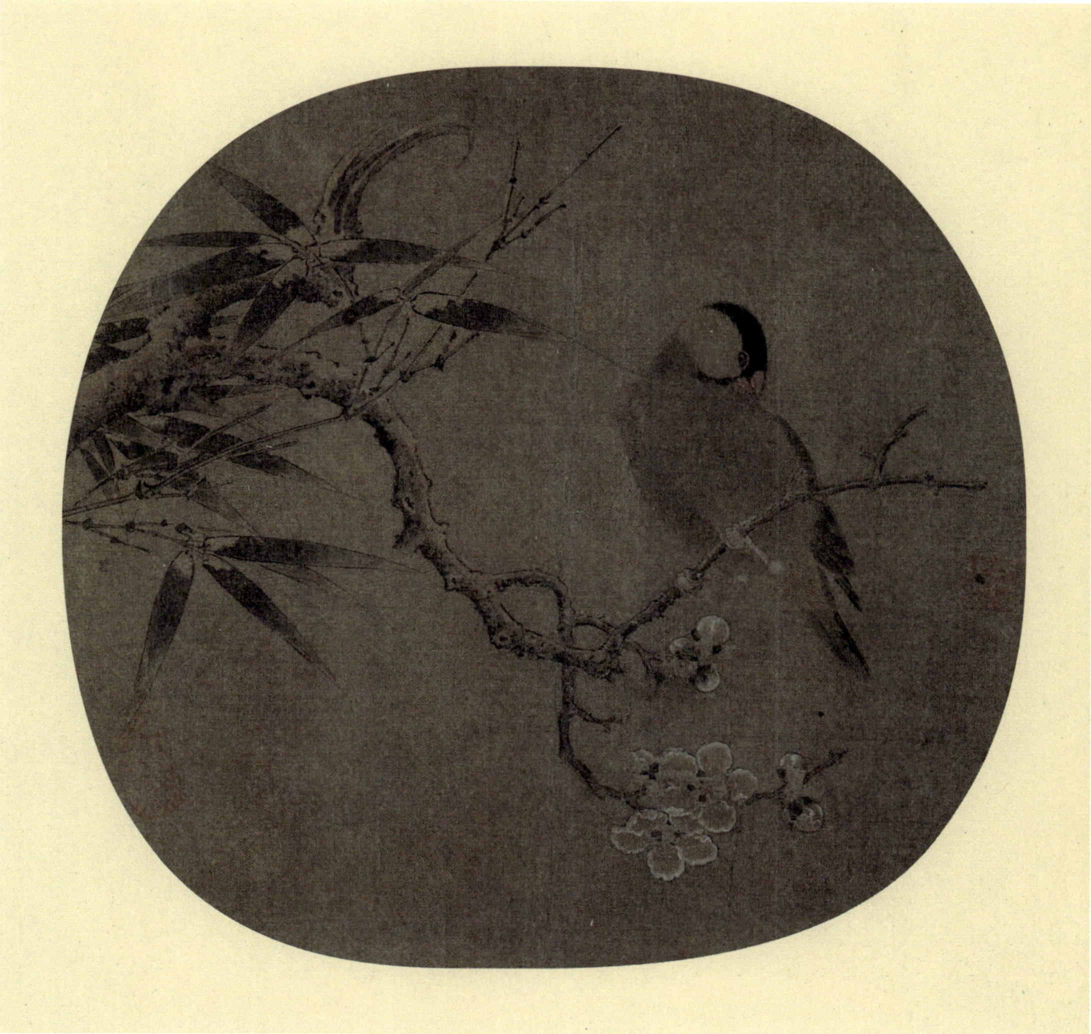

梅竹寒禽图　［南宋］林　椿

梅竹双雀图　　[南宋] 无　款

三十八　水龙吟·次韵章质夫杨花词

北宋·苏　轼

似花还似非花，也无人惜从教坠。
抛家傍路，思量却是，无情有思[①]。
萦损柔肠，困酣娇眼[②]，欲开还闭。
梦随风万里，寻郎去处，又还被，莺呼起。

不恨此花飞尽，恨西园、落红难缀。
晓来雨过，遗踪何在，一池萍碎。
春色三分，二分尘土，一分流水。
细看来，不是杨花点点，是离人泪。

【题解】

这是一首咏物词，作于元丰四年（1081），时为苏轼因“乌台诗案”被贬黄州的第二年。章质夫，福建蒲城人，是苏轼的同僚和好友。他作有咏杨花的《水龙吟》，苏轼的这一首是次韵之作。依照别人词的原韵，作词答和，连次序也相同的叫“次韵”或“步韵”。全词写得声韵谐婉，情调幽怨缠绵，反映了苏词婉约的一面。此词一出，赞誉不绝，名声很快超过章的原作，成为咏物词史上“压倒古今”的名作。苏轼在一封给章质夫的信中说：“《柳花》词妙绝，使来者何以措词。本不敢继作，又思公正柳花飞时出巡按，坐想四子，闭门愁断，故写其意，次韵一首寄去，亦告不以示人也。”王国维在《人间词话》中说：“东坡杨花词，和韵而似元唱；章质夫词，元唱而似和韵。”

【注释】

①“思量”两句：指杨花看似无情，实际却自有其愁思。思：意思，思绪。②“困酣”二句：用美女困倦时眼睛欲开还闭之态来形容杨花的忽飘忽坠、时起时落。娇眼：形容柳叶。柳叶初生时，如人睡眼初展，故称柳眼。

【练习】

1. 清人沈谦评论本词道：“东坡‘似花还似非花’一篇，幽怨缠绵，直是言情，非复赋物。”结合这句话思考，本词主要抒发了作者怎样的思想感情？

2. 近人唐圭璋评论本词道：“此首咏杨花，遗貌取神，压倒古今。全篇皆从一‘惜’字生发。”结合这句话思考，本词上阕首句中的“惜”字在全词中有何表达作用？

3. 近人郑文焯评论本词道：“煞拍（指本词的最后一句）画龙点睛，此亦词中一格。”结合这句话思考，本词的最后一句在全词中有何表达作用？

4. 清人刘熙载评论本词道：“东坡水龙吟起云：‘似花还似非花。’此句可作全词评语，盖不即不离也。”结合这句话思考，本词在艺术风格上有什么特点？其表达效果如何？

5. 关于章质夫、苏轼咏杨花词的优劣之分，历来争论不一。宋人晁补之认为：“东坡如毛嫱、西施，净洗却面，而与天下妇人斗好，质夫岂可比哉？”宋人魏庆之则认为：“质夫词中所谓‘傍珠帘散漫，垂垂欲下，依前被、风扶起’，亦可谓曲尽杨花妙处，东坡所和虽高，恐未能及。”对比阅读这两首词，你更喜欢哪一首，请谈谈你的观点。

【链接】

水龙吟

北宋 · 章质夫

燕忙莺懒芳残，正堤上、柳花飘坠。
轻飞乱舞，点画青林，全无才思。
闲趁游丝，静临深院，日长门闭。
傍珠帘散漫，垂垂欲下，依前被、风扶起。

兰帐玉人睡觉，怪春衣、雪霑琼缀。
绣床旋满，香球无数，才圆却碎。
时见蜂儿，仰粘轻粉，鱼吞池水。
望章台路杳，金鞍游荡，有盈盈泪。

三十九 卜算子·送鲍浩然之浙东

北宋·王 观

水是眼波横[①]，山是眉峰聚[②]。
欲问行人去那边，眉眼盈盈处[③]。

才始送春归，又送君归去。
若到江南赶上春，千万和春住。

【题解】

此词以新巧的构思和轻快的笔调，在送别之作中别具一格。鲍浩然，生平不详。浙东：今浙江东南部。宋时属浙江东路，简称浙东。词中以轻松活泼的笔调、巧妙别致的比喻、风趣俏皮的语言，表达了作者送别友人鲍浩然时的心绪。

【注释】

①眼波横：形容眼神闪动，状如水波横流。②眉峰聚：形容双眉蹙皱，状如二峰并峙。③眉神盈盈处：喻指山水秀丽的地方。盈盈：美好的样子。

【练习】

1. 本词名为“送鲍浩然之浙东”，在词中找出作者描写“送别”的句子，思考本词主要抒发了作者怎样的思想感情？

______

______

______

2. 宋人王灼对王观评论道："王逐客才豪（王观曾被流放，故称王逐客），其新丽处与轻狂处，皆足惊人。"结合这句话思考，本词的"新丽"之处主要表现在哪里？

3. 清人吴照衡评论本词道："山谷云：'春归何处，寂寞无行路。若有人知春去处，换取归来同住'（语出黄庭坚《清平乐》）。通叟云（王观：字通叟）：'若到江南赶上春，千万何春住。'碧山云：'怕此际春归，也过吴中路。君行到处，便快折河边千条翠柳，为我系春住'（语出王沂孙《摸鱼儿》，王沂孙，号碧山）。三词同一意，山谷失之笨，通叟失之俗，碧山差胜。终不若元梁贡父云'拼一醉留春，留春不住，醉里春归'（语出梁曾《木兰花慢》，梁曾，字贡父）为洒脱有致。"结合这段话，对比阅读黄庭坚、王观、王沂孙、梁曾这四首词，谈谈最喜欢哪一首，为什么？

【链接】

清平乐

北宋 · 黄庭坚

春归何处？寂寞无行路。若有人知春去处，唤取归来同住。
春无踪迹谁知，除非问取黄鹂。百啭无人能解，因风飞过蔷薇。

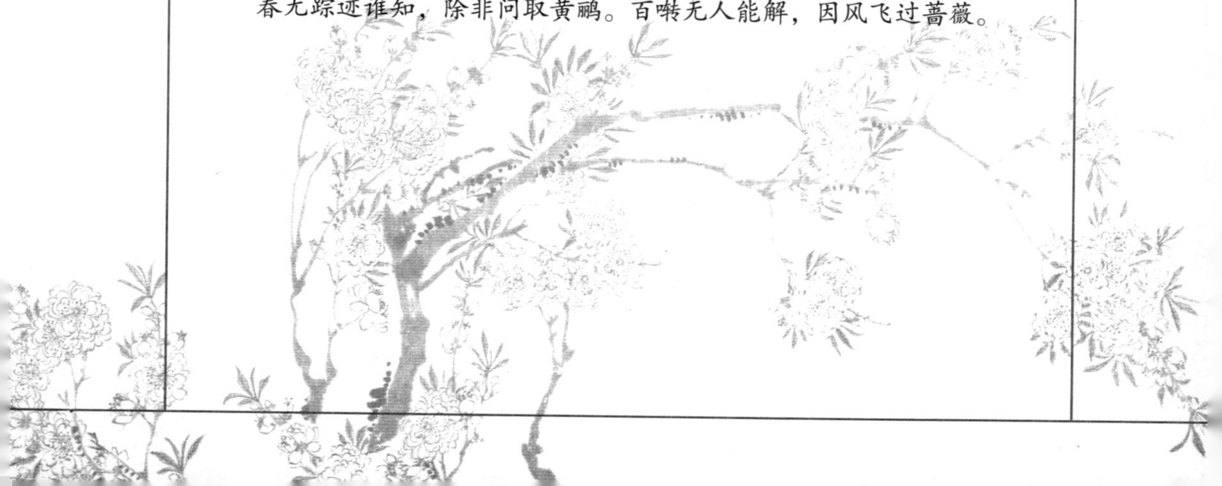

摸鱼儿

南宋 · 王沂孙

洗芳林、夜来风雨，匆匆还送春去。
方才送得春归了，那又送君南浦。
君听取，怕此际、春归也过吴中路。
君行到处，便快折河边千条翠柳，为我系春住。

春还住，休索吟春伴侣。残花今已尘土。
姑苏台下烟波远，西子近来何许。
能唤否？又恐怕、残春到了无凭据。
烦君妙语，更为我将春，连花带柳，写入翠笺句。

木兰花慢

元 · 梁曾

问花花不语，为谁落？为谁开？
算春色三分，半随流水，半入沉埃。
人生能有几欢笑？但相逢、尊酒莫相催。
千古幕天席地，一春翠绕珠围。

彩云回首暗高台，烟树渺吟怀。
拚一醉留春，留春不住，醉里春归。
西楼半帘斜日，怪衔春燕子却飞来。
一枕青楼好梦，又教风雨惊回。

【积累】

词人小传之十七：王观

王观（1035—1100），字通叟，如皋（今属江苏）人。王安石为开封府试官时，擢置高等，仁宗嘉祐二年（1057）进士。神宗熙宁中，曾以将仕郎守大理寺丞，知扬州江都县事。在任时作《扬州赋》，神宗阅后甚喜，大加褒赏。后官至翰林大学士。相传曾奉诏作《清平乐》“黄金殿里”词一首，描写宫廷生活，高太后认为亵渎了神宗赵顼，第二天便被罢职，遂自号逐客，最后为一介平民。其词学柳永，情景交融，生动风趣，近于俚俗，却又谑而不虐。有《冠柳集》。《全宋词》录词 16 首，断句 1 则。《全宋词补辑》又增补 12 首。

〇四十　卜算子

北宋·李之仪

我住长江头，君住长江尾。
日日思君不见君，共饮长江水。

此水几时休，此恨何时已[1]。
只愿君心似我心，定不负相思意。

【题解】

这首小令仅四十五字，却言短情长。全词围绕着长江水，表达男女相爱的思念和分离的怨愁，上阕写相离之远与相思之切。下阕写女主人公对爱情的执著追求与热切的期望。全词处处是情，层层递进而又回环往复，短短数句却感情起伏。语言明白如话，感情热烈而直露，明显地吸收了民歌的优良传统。但质朴清新中又曲折委婉，含蓄而深沉，显示出高超的艺术技巧。

【注释】

①已：停止。

【练习】

1. 本词的结尾两句化用了五代词人顾敻《诉衷情》“换我心，为你心，始知相忆深”的词意（原词见【链接】），对比阅读二词思考，本词的最后两句有何表达效果？

2. 近人郑文焯评论本词道："清雅，得古乐府遗意。但不善学之，必流于滑易矣。"结合这句话思考，本词在语言风格上有什么特点？

____

____

____

【链接】

诉衷情

五代 · 顾敻

永夜抛人何处去？绝来音。

香阁掩，眉敛，月将沉，怎忍不相寻？

怨孤衾。换我心，为你心，始知相忆深。

【积累】

词人小传之十八：李之仪

李之仪（1038—1117），北宋词人字端叔，自号姑溪居士、姑溪老农。沧州无棣（今属山东滨州）人。熙宁三年（1070）进士。哲宗元祐初为枢密院编修官，通判原州。元祐末从苏轼于定州幕府，朝夕倡酬。元符中监内香药库，御史石豫参劾他曾为苏轼幕僚，不可以任京官，被停职。徽宗崇宁初提举河东常平。后因得罪权贵蔡京，除名编管太平州（今安徽当涂）。后遇赦复官，晚年就卜居其地。有《姑溪居士前集》50卷，南宋吴芾守当涂时所编。又《后集》20卷，不知编者，但陈振孙《直斋书录解题》已著录，则亦出宋人之手。今二集俱存。

四十一 蓦山溪·赠衡阳妓陈湘

北宋·黄庭坚

鸳鸯翡翠①，小小思珍偶。
眉黛敛秋波，尽湖南、山明水秀。
娉娉嫋嫋，恰似十三余②。
春未透，花枝瘦，正是愁时候。

寻花载酒，肯落谁人后。
只恐远归来，绿成阴，青梅如豆③。
心期得处，每自不由人。
长亭柳，君知否，千里犹回首？

【题解】

这是一首赠别的词。《蓦山溪》又名《上阳春》，“赠衡阳妓陈湘”又作“别意”。上阕写陈湘的天生丽质，豆蔻年华，而又柔情脉脉，春愁恹恹，使人魂飞心醉，我见犹怜。下阕写词人载酒寻芳，临别伤怀，后约无期的怅惘心情。前者重绘形，故我绮语；后者重抒情，颇具风韵。全词运用铺叙的手法，层次分明。语淡而情深，意浓而韵远，妥溜又恰切，庄重又活泼，非功力深厚之妙笔，不能表达也。

【注释】

①鸳鸯翡翠：皆偶禽。雄者为鸳，雌者为鸯。《说文》“翡，赤羽雀也。翠，青羽雀也。”雄赤曰翡，雌青曰翠。②“娉娉”二句：化用杜牧《赠别》中的“娉娉嫋嫋十三馀，豆蔻梢头二月初”诗句。③“只恐”三句：化用杜牧《叹花》中的“狂风吹尽深红色，绿叶成阴子满枝”诗句。

【练习】

1. 清人沈际飞评论本词道："说美人，随说芳景；说芳景，随说美人。得比体之妙。"结合这句话思考，本词主要运用了什么表现手法？其表达效果如何？

______

______

______

2. 清人先著评论本词道："'春未透，花枝瘦，正是愁时候。'十一字精妙可思。"结合这句话思考，本词上阕的最后一句主要好在哪里？

______

______

______

【积累】

词人小传之十九：黄庭坚

黄庭坚（1045—1105），字鲁直，自号山谷道人，晚号涪翁，又称黄豫章，洪州分宁（今江西修水）人。北宋诗人、词人、书法家，为盛极一时的江西诗派开山之祖。英宗治平四年（1067）进士。历官叶县尉、北京国子监教授、校书郎、著作佐郎、秘书丞、涪州别驾、黔州安置等。哲宗立，召为校书郎、《神宗实录》检讨官。后擢起居舍人。绍圣初，新党谓其修史"多诬"，贬涪州别驾，安置黔州等地。徽宗初，羁管宜州卒。宋英宗治平四年进士，绍圣初以校书郎坐修《神宗实录》失实被贬职，后来新党执政，屡遭贬，死于宜州贬所。擅文章、诗词，尤工书法。早年受知于苏轼，与张耒、晁补之、秦观并称"苏门四学士"。诗与苏轼并称"苏黄"，有《豫章黄先生文集》。词与秦观齐名，有《山谷词》。

四十二 鹧鸪天

北宋·黄庭坚

座中有眉山隐客史应之和前韵，即席答之

黄菊枝头生晓寒，人生莫放酒杯干。
风前横笛斜吹雨，醉里簪花倒著冠①。

身健在，且加餐。舞裙歌板尽清欢。
黄花白发相牵挽②，付与时人冷眼看。

【题解】

作者于宋哲宗绍圣二年（1095）贬涪州（今四川涪陵）别驾、黔州（今四川彭水）安置，后移戎州（今四川宜宾）安置，至元符三年（1100）得赦，在蜀地流徙五年余。这首词是在戎州安置时答和蜀士史应之之作。全词通过一个“淫坊酒肆狂居士”的形象，展现了山谷从坎坷的仕途得来的人生体验，抒发了自己胸中的苦闷和激愤。词中所塑造的狂士形象，是作者自己及其朋友史念之的形象，同时也是那一时代不谐于俗而怀不平傲世之心的文人的形象，抒写了山谷久抑胸中的愤懑，表现出对黑暗、污浊的社会现实无言的反抗。

【注释】

①倒著冠：暗用西晋人山简醉后“倒著接（白帽）”之事。②黄花：指菊花。白发：作者自况之词。

【练习】

1. 清人黄苏评论此词道："（本词）曰'斜吹雨'、'倒著冠'，则有傲傲不平之气在。末二句，尤有牢骚。然自清迥独出，骨力不凡。"结合这句话思考，本词主要抒发了作者怎样的思想感情？

____

____

____

2. 清人沈谦评论本词道："东坡'破帽多情却恋头'（语出苏轼《南乡子 · 重九涵辉楼呈徐君猷》，见【链接】），翻龙山事（龙山事：晋人孟嘉重阳登临龙山落帽一事），特新；山谷'风前横笛斜吹雨，醉里簪花倒著冠'，尤用得妙。"结合这句话思考，本词上阕的后二句运用了什么写作手法？其表达效果如何？

____

____

____

【链接】

南乡子·重九涵辉楼呈徐君猷

北宋 · 苏轼

霜降水痕收，浅碧鳞鳞露远洲。
酒力渐消风力软，飕飕，破帽多情却恋头。

佳节若为酬，但把清尊断送秋。
万事到头都是梦，休休，明日黄花蝶也愁。

四十三 满庭芳

北宋·秦　观

山抹微云①，天粘衰草②，画角声断谯门③。
暂停征棹④，聊共引离尊⑤。
多少蓬莱旧事⑥，空回首、烟霭纷纷。
斜阳外，寒鸦万点，流水绕孤村⑦。

销魂。当此际，香囊暗解⑧，罗带轻分⑨。
谩赢得青楼，薄幸名存⑩。
此去何时见也？襟袖上、空惹啼痕。
伤情处，高城望断，灯火已黄昏。

【题解】

此词叙写恋人离别时的哀愁。上阕写景，引出别意，下阕用白描直抒伤心恨事，展示自已落拓江湖不得志的感受。这首词运用委婉蕴藉的手法，雅洁清丽的语言及协调和美的音律，抒发了作者真挚深沉的情感，从而达到“情韵兼胜”、凄婉动人的境界。作者因此被誉为“山抹微云君”。

【注释】

①山抹微云：指一缕缕薄云横绕山腰，像是涂抹上去一样。②天粘衰草：指远处的枯草紧连着天际。③画角：涂有彩色的军中号角。谯门：高楼上之门，可以眺望远方。④征棹：指远行的船。⑤离尊：送别的酒杯。⑥蓬莱，传说中的神之居所，烟锁雾笼已久。《山海经海外北经》云：“海中有三神山，名曰蓬莱、方丈、瀛洲，仙人居之。此三神山者，其传在渤海中，去人不远；患且至，则船引风而去。盖尝有至者，诸仙人及不死之药在焉。其物禽兽尽白。而黄金银为

宫阙。”⑦“寒鸦”二句：化用隋炀帝诗句：“寒鸦千万点，流水绕孤村。”⑧香囊：装香物的小袋，古人佩在身上的一种装饰物。⑨罗带：丝织的衣带。⑩漫：徒然。薄幸：薄情。语出杜牧：“十年一觉扬州梦，赢得青楼薄幸名。”

【练习】

1. 宋人周济评论本词道：“将身世之感，打并入艳情，又是一法。”结合这句话思考，本词在写作手法上有什么特点？抒发了作者怎样的思想感情？

______

______

______

2. 清人沈祥龙评论本词道：“诗重发端，惟词亦然，长调尤重。有单起之调，贵突兀笼罩。如东坡‘大江东去’是。有对起之调，贵从容整炼。如少游‘山抹微云，天粘衰草’是。”结合这句话思考，本词开头两句有什么特点？

______

______

______

3. 清人贺贻孙评论本词道：“秦少游：‘斜阳外，寒鸦万点，流水绕孤村。’晁无咎云：‘此语虽不识字者，亦知是天生好言语。’渔隐云：‘无咎不见炀帝诗耳。’盖隋炀帝有‘寒鸦千万点，流水绕孤村’之句也。余谓此语在隋炀帝诗中，只属平常，入少游词特为妙绝。盖少游之妙，在‘斜阳外’三字，见闻空幻。又‘斜阳’、‘流水’，炀帝以五言划为两景，少游用长短句错落，与‘斜阳外’三景合为一景，遂如一幅佳图。此乃点化之神。必如此，乃可用古语耳。”结合这段话思考，本词上阕的最后三句主要好在哪里？

______

______

______

【积累】

词人小传之二十：秦观

秦观（1049—1100），字少游，一字太虚，号淮海居士，别号邗沟居士，“苏门四学士”之一。扬州高邮（今属江苏）人。北宋词人。宋神宗元丰八年（1085）进士。曾任太学博士（即国立大学的教官）、秘书省正字、国史院编修官。政治上倾向旧党，哲宗时“新党”执政，被贬为监处州酒税，徙郴州，编管横州，又徙雷州，至滕州而卒。他与黄庭坚、晁补之、张耒号称为“苏门四学士”，颇得苏轼赏识。他是北宋后期著名婉约派词人，张炎《词源》说：“秦少游词体制淡雅，气骨不衰，清丽中不断意脉，咀嚼无滓，久而知味。”著有《淮海集》40卷、《淮海词》（又名《淮海居士长短句》）。

四十四 八六子

北宋·秦 观

倚危亭，恨如芳草，萋萋刬尽还生①。
念柳外青骢别后②，水边红袂分时③，怆然暗惊。

无端天与娉婷④，夜月一帘幽梦，春风十里柔情。
怎奈向、欢娱渐随流水，素弦声断，翠绡香减⑤，
那堪片片飞花弄晚，濛濛残雨笼晴。
正销凝，黄鹂又啼数声。

【题解】

这是写于元丰三年（1080），当时作者三十二岁。词中的“危亭”指邵伯斗野亭，在今江苏扬州。此词写作者与一位歌女之间的离别相思之情。全词由情切入，突兀而起，其间绘景叙事，或回溯别前之欢，或追忆离后之苦，或感叹现实之悲，委婉曲折，道尽心中一个“恨”字。此词语言上好用对句，尤以“夜月”和“飞花”两联为佳，不仅语言工丽，而且各具意境。全词情景交融，可谓感人至深，独具匠心。

【注释】

①刬（chǎn）：铲除，消除。②青骢：黑色骏马。③红袂：犹红袖。④娉婷：形容女子姿态美好的样子，亦借指美人。⑤翠绡：绿色的薄绢。

长春百子图　[南宋] 苏汉臣

江亭揽胜图　[南宋] 朱惟德

【练习】

1. 宋人张炎评论本词道："离情当如此作，全在情景交炼，得言外意。有如'劝君更尽一杯酒，西出阳关无故人'（语出王维《送元二使安西》），乃为绝唱。"结合这句话思考，本词主要运用了什么表现手法？其表达效果如何？

2. 近人陈匪石评论本词道："周济评起处数语曰：'神来之笔。'盖着一'恨'字，而以'芳草'为比，是由情说入，但破空而来，不知所由起。"结合这句话思考，本词上阕的开头三句主要好在哪里？

3. 宋人洪迈评论本词道："秦少游《八六子》词云：'片片飞花弄晚，濛濛残雨笼晴。正销凝，黄鹂又啼数声。'语句清峭，乃为名流推激。"结合这句话思考，本词下阕的结尾四句主要好在哪里？

四十五 鹊桥仙

北宋·秦 观

纤云弄巧①，飞星传恨，银汉迢迢暗度②。
金风玉露一相逢③，便胜却人间无数。

柔情似水，佳期如梦，忍顾鹊桥归路④。
两情若是久长时，又岂在朝朝暮暮。

【题解】

《鹊桥仙》原是为咏牛郎织女的爱情故事而创作的乐曲。本词上阕写佳期相会的盛况，下阕则是写依依惜别之情。这首词通过叙写牵牛、织女二星相爱的神话故事，赋予这对仙侣浓郁的人情味，讴歌了真挚、细腻、纯洁、坚贞的爱情，读来荡气回肠，感人肺腑。

【注释】

①纤云弄巧：纤薄的云彩，变化多端，呈现出许多细巧的花样。②银汉：银河。迢迢：遥远的样子。暗度：悄悄度过。③金风：秋风，秋天在五行中属金。玉露：秋露。④忍顾：怎么忍心回顾。

【练习】

1. 清人沈际飞评论本词道："七夕以双星会少别多为恨，独谓情长不在朝暮，化腐朽为神奇。"结合这句话思考，本词在立意上主要好在哪里？

____

____

____

2. 清人黄苏评论本词道：“凡咏古题，须独出心裁，此固一定之论。少游以坐党被谪，思君臣际会之难，因托双星以写意，而慕君之念，婉恻缠绵，令人意远矣。”你是否同意他对本词主旨的分析，谈谈你这个问题的看法。

四十六 踏莎行·郴州旅舍

北宋·秦　观

雾失楼台，月迷津渡①，桃源望断无寻处②。
可堪孤馆闭春寒，杜鹃声里斜阳暮。

驿寄梅花③，鱼传尺素④，砌成此恨无重数。
郴江幸自绕郴山⑤，为谁流下潇湘去⑥。

【题解】

这首词大约作于绍圣四年（1097）春三月。此前由于新旧党争，秦观出为杭州通判，又因御史刘拯告他增损《神宗实录》，贬监处州酒税。绍圣三年，再以写佛书被罪，贬徙郴州（今湖南郴州市）。此作写于初抵郴州之时，以委婉曲折的笔法，抒写了谪居的凄苦与幽怨，成为蜚声词坛的千古绝唱。苏轼尤爱其后两句，自书于扇，曰：“少游已矣，虽万身何赎！”

【注释】

①津渡：渡口。②桃源：世外桃源，见陶渊明《桃花源记》。其地在武陵（今湖南常德），离郴州不远。③驿寄梅花：陆凯在《赠范晔诗》中有云：“折梅逢驿使，寄与陇头人。江南无所有，聊寄一枝春。”④鱼传尺素：《古诗》中有云：“客从远方来，遗我双鲤鱼。呼儿烹鲤鱼，中有尺素书。”⑤郴江：郴江出山后，向北流入耒水，又北经耒阳县，至衡阳而东流入潇水湘江。幸自：本自，本来是。⑥为谁：为什么。

【练习】

1. 近人唐圭璋评论本词道："此首写羁旅，哀怨欲绝。……末引'郴江'、'郴山'，以喻人之分别，无理已极，沉痛已极，宜东坡爱之不忍释也。"结合这段话思考，本词下阕的末尾两句主要好在哪里？

2. 近人王国维评论本词道："少游词境，最为凄婉。至'可堪孤馆闭春寒，杜鹃声里斜阳暮'，则变而凄厉矣。东坡赏其后二语，尤为皮相（皮相：表面，肤浅）。"结合这句话思考，本词在艺术风格上有何特色？主要表现在哪些地方？

四十七 千秋岁

北宋·秦　观

水边沙外，城郭春寒退。花影乱，莺声碎。
飘零疏酒盏，离别宽衣带①。
人不见，碧云暮合空相对。

忆昔西池会②，鹓鹭同飞盖③。携手处，今谁在？
日边清梦断④，镜里朱颜改。
春去也，飞红万点愁如海。

【题解】

这是一首感事伤别之作。诗人触景伤情，感慨万千。此词将身世之感融入艳情小词，感情深挚悲切，通过全词浓郁的意境渲染来表达，言有尽而意无穷。词作于诗人坐元祐党祸，贬杭州通判，又坐御史刘拯论增损《神宗实录》中途改贬监处州酒税，政治上的打击接连而来之时。全词写得凄凉哀婉，工丽自然。末句尤为人们所称赏。

【注释】

①离别宽衣带：谓离群索居，腰围瘦损，衣带宽松也。②西池，即金明池。③鹓鹭：古代常以鹓鹭喻百官。此指好友如云，宾朋群集。飞盖：形容车辆之疾行。④“日边”句：伊挚将应汤命，梦乘船过日月之旁。

【练习】

1. 宋人胡仔评论本词道："少游小词奇绝，咏歌之，想见其神情在绛阙、道山之间（绛阙：宫殿寺观前的朱色门阙。亦借指朝廷。道山：神话传说中的仙山）。"结合这句话思考，本词主要抒发作者怎样的思想感情？

2. 近人孙桐评论本词道："此词以'愁如海'一语生色，全体皆振，乃所谓警句也。"结合这句话思考，本词的结尾两句主要好在哪里？

四十八 青玉案

北宋·贺 铸

凌波不过横塘路①，但目送、芳尘去②。
锦瑟华年谁与度③？
月台花榭，琐窗朱户④，只有春知处。

飞云冉冉蘅皋暮⑤，彩笔新题断肠句⑥。
试问闲愁都几许？
一川烟草，满城风絮，梅子黄时雨⑦。

【题解】
此词抒写了因理想不能实现而郁郁不得志的“闲愁”。作者退隐横塘，壮志难伸，故借美人迟暮，盛年不偶，写自己的不为世用。全词因果相承，情景互换，融情入景，设喻新奇。贺铸因此得名“贺梅子”。黄庭坚《寄贺方回》赞之曰：“少游醉卧古藤下，谁与愁眉唱一杯。解作江南断肠句，只今唯有贺方回（贺铸：字方回）”。

【注释】
①凌波：形容女子走路时步态轻盈。横塘：在苏州南十时许。②芳尘：指美人的行踪。③锦瑟华年：比喻美好的青春时期。④琐窗：雕刻或彩绘有连环形花纹的窗子。⑤冉冉：流动的样子。蘅皋：长着香草的沼泽中的高地。蘅：即杜蘅，一种多年生草本植物。⑥彩笔：比喻有写作的才华。事见南朝江淹故事。⑦梅子黄时雨：四五月梅子黄熟，期间常阴雨连绵，俗称“黄梅雨”或“梅雨”。

【练习】

1. 清人黄苏评论本词道："方回有小筑在姑苏盘门内外，地名横塘，时往来其间，有此作。方回以孝惠皇后族孙，元祐中通判泗州（元祐：宋哲宗年号），又倅太平州（倅太平州：指任职太平州通判），退居吴下，是此词作于退休之后也，自有一番不得意、难以显言处。"结合这段话思考，本词主要抒发了作者怎样的思想感情？

2. 清人先著评论本词道："方回《青玉案》词，工妙之至，无迹可寻，语句思路亦在目前，而千人万人不能凑泊。"结合这句话思考，本词在艺术风格上有什么特色？

3. 宋人罗大经评论本词道："诗家有以山喻愁者，有以水喻愁者，李颀云'请量东海水，看取浅深愁'，李后主云'问君能有几多愁？恰似一江春水向东流'，秦少游云'落红万点愁如海'是也。贺方回云'试问闲愁都几许？一川烟草，满城风絮，梅子黄时雨'，盖以三者比愁之多也，尤为新奇，兼兴中有比，意味更长"。结合这段话思考，本词下阕的最后四句主要好在哪里？

【积累】

词人小传之二十一：贺铸

贺铸（1052—1125），北宋词人，字方回，号庆湖遗老。卫州（今河南卫辉）人。宋太祖贺皇后族孙，所娶亦宗室之女。十七岁时离家赴汴京，曾任右班殿直。监军器库门，出监临城县酒税。元丰元年（1078）改官滏阳都作院。五年赴徐州领宝丰监钱官。不久因李清臣、苏轼推荐，改文职，任承事郎，为常侍。旋请任闲职，改监北岳庙。绍圣二年（1095）授江夏宝泉监，在任上整理旧稿，编成《庆湖遗老前集》。元符元年（1098）因母丧去职，不久东归，游历或居住于苏杭一带。徽宗建中靖国元年（1101），服丧期满，召为太府寺主簿，继又改任宣议郎，通判泗州。崇宁四年（1105）迁宣德郎，通判太平州。再迁奉议郎。大观三年（1109）以承议郎致仕，卜居苏州。重和元年（1118）以太祖贺后族孙恩，迁朝奉郎，赐五品服。晚年定居苏州。宣和七年（1125）卒于常州之僧舍。存词二百八十余首。

四十九 玉楼春

北宋·周邦彦

桃溪不作从容住①，秋藕绝来无续处②。
当时相候赤栏桥③，今日独寻黄叶路。

烟中列岫青无数④，雁背夕阳红欲暮。
人如风后入江云，情似雨余粘地絮⑤。

【题解】

这首词是作者在和情人分别之后，重游旧地，怅触前情而写下的。上阕写追寻旧迹，下阕写寻人不见。抒发了词人惆怅落寞的心情。作者在本词中故意全部使用了对句，从而创造了一种与内容相适应的凝重风格。

【注释】

①桃溪：据《幽明录》载，东汉时，刘晨、阮肇二人入天台山采药，曾因饥渴，登山食桃，就溪饮水，于溪边遇到两位仙女，相爱成婚。半年以后，二人思家求归。及到出山，才知道已经过去三百多年了。古人常用天台故事来比拟这种由于轻易和情人分别而产生的追悔之情。②秋藕：语出温庭筠《达摩支曲》“捣莲作寸丝难绝”，反其意而用之。③赤栏桥：漆有红色栏杆的小桥。④列岫：指群山成列。⑤粘地絮：雨后粘在泥中的柳絮。

【练习】

1. 清人陈廷焯评论本词道："美成词有似拙实巧者，如《玉楼春》结句云：'人如风后入江云，情似雨余粘地絮。'上言人不能留，下言情不能已，呆作两譬，别饶姿态，却不病其板，不病其纤，此中消息难言。"结合这句话思考，本词下阕的最后两句主要好在哪里？

______

______

______

2. 清人陈洵评论本词道："上阕大意已足，下阕加以渲染，愈见精彩。"结合这句话思考，本词主要运用了什么表现手法，其表达效果如何？

______

______

______

【积累】

词人小传之二十二：周邦彦

周邦彦（1056—1121），北宋末期词人，字美成，号清真居士，钱塘（今浙江杭州）人。历官太学正、庐州教授、知溧水县等。徽宗时为徽猷阁待制，提举大晟府。精通音律，曾创作不少新词调。旧时词论称他为"词家之冠"。有《清真居士集》，后人改名为《片玉集》。被公认为是"负一代词名"的词人，其词善于铺叙，加之语言工丽，多用典故，形成了浑厚、典雅、缜密的艺术风格。被尊为婉约派的集大成者和格律派的创始人，开南宋姜夔、吴文英格律词派先河。

〇五十 蝶恋花·早行

北宋·周邦彦

月皎惊乌栖不定①，更漏将残②，辘轳牵金井③。
唤起两眸清炯炯④，泪花落枕红绵冷。

执手霜风吹鬓影，去意徊徨⑤，别语愁难听。
楼上阑干横斗柄⑥，露寒人远鸡相应。

【题解】

此首纯写离情，将依依不舍的惜别之情，表达得历历如绘。破晓时别离情状，缠绵悱恻，写情透骨。全词通过时间推移，景物的变化和生动的细节描写来渲染别情。结构首尾呼应，意脉清晰，描写心理刻画细腻入微，情景相生。

【注释】

①月皎：月色洁白光明。②更漏：即刻漏，古代计时器。③辘轳：井上汲水辘轳转动的声音。④炯炯：明亮貌。⑤徊徨：徘徊、彷徨。⑥阑干：横斜貌。斗柄：北斗七星的第五至第七的三颗星像古代酌酒所用的斗把，叫做斗柄。

【练习】

1. 近人唐圭璋评论本词道："此首写送别，景真情真……此作将别前、方别及别后都写得沉着之至。"结合这句话思考，本词在写作手法上有什么特点？

______

______

______

2. 明人王世贞评论本词道:“美成能作景语，不能作情语；能入丽字，不能入雅字,以故价微劣于柳(柳：柳永)。然至‘唤起两眸清炯炯，泪花落枕红绵冷’,其形容睡起之妙,真能动人。”结合这段话思考，本词上阕的后两句主要好在哪里?

____

____

____

3. 近人俞陛云评论本词道:“结句七字，神韵无穷，吟讽不厌，在五代词中，亦上乘也。”结合这句话思考，本词下阕的最后一句主要好在哪里?

____

____

____

五十一　少年游·冬景

北宋·周邦彦

并刀如水[1]，吴盐胜雪[2]，纤手破新橙。
锦幄初温[3]，兽烟不断[4]，相对坐调笙[5]。

低声问向谁行宿[6]，城上已三更。
马滑霜浓，不如休去，直是少人行[7]。

【题解】

本篇写一个美丽聪慧的女子与情郎冬夜闺中幽会，夜深了，舍不得情郎归去，劝情郎留下来陪伴自己。上阕写闺中相会之景，明丽如画；下阕记将别挽留之言，体贴入微。本篇是周邦彦小令词中压卷之作，镜头感极强，颇见剪接功夫。

【注释】

①并刀：并州所产的刀。并州在今山西并州一带，以生产锋利的刀具闻名。②吴盐：吴地所产的细盐。吴即今苏南沿海一带，自古以产盐闻名。③锦幄：锦绣织成的帷幄。④兽烟：兽形香炉里炭烟和熏香混合在一起的烟雾。⑤调笙：指调定笙乐的调高。⑥谁行：谁那里。⑦直是：只是。

【练习】

1. 清人毛稚黄评论本词道："周清真《少年游》(周邦彦，号清真居士)，题云'冬景'，却似饮妓馆之作……后阕绝不作了语（了语：直白的语言），只以'低声问'三字，贯彻到底。蕴藉袅娜，无限情景，都自纤手破橙人口中说出，更不必别着一语，意思幽微，篇章奇妙，真神品也。"结合这句话思考，本词的下阕主要好在哪里？

2. 近人俞平伯评论本词道："此词醒快，说之则陋。但如'并刀入水，吴盐胜雪'，状冬闺静物，至明而且清，与感觉心象，匀融无间，写景之圣也。说如画，画似不到；说是如见，见似亦不到；盖画逊其肖，见逊其妙也。一妙肖者，是唯文章乎！"结合这句话思考，本词上阕的开头三句主要好在哪里？

3. 清人陈廷焯评论本词道："情急而语甚婉约，妙绝古今。曰向谁行宿，曰城上三更，曰马滑霜浓，曰不如休去，曰少人行，颠倒重复，层折入妙。"结合这段话思考，本词在艺术风格上有何特色？

柳塘双鹭图轴 [清] 黄慎

梅下赏月图轴 [清] 余集

五十二 满庭芳·夏日溧水无想山作

北宋·周邦彦

风老莺雏，雨肥梅子，午阴嘉树清圆。
地卑山近，衣润费炉烟。
人静乌鸢自乐①，小桥外、新绿溅溅。
凭栏久，黄芦苦竹②，拟泛九江船。

年年如社燕③，飘流瀚海④，来寄修椽⑤。
且莫思身外，长近尊前。
憔悴江南倦客，不堪听、急管繁弦。
歌筵畔，先安簟枕⑥，容我醉时眠。

【题解】

作者于哲宗元祐八年（1093）任溧水县令（今江苏溧水县），时年三十七岁。无想山在溧水县南十八里，山上无想寺中有韩熙载读书堂。上阕写足江南初夏景色，极其细密；下阕即景抒情，曲折回环，章法完全从柳词化出。真实地反映了作者的宦情羁思和身世之感。词中多处化用前人诗句，旧曲翻新，精心熔铸，浑化无迹。王国维推尊周邦彦为“词中老杜”，确非溢美之词。

【注释】

①乌鸢：乌鸦，老鹰。②黄芦：语出白居易《琵琶行》：“住近湓江地低温，黄芦苦竹绕宅生。”③社燕：燕子春社时飞，秋社时归去，故称。④瀚海：沙漠。这里泛指遥远、荒僻的地方。⑤修椽：修长的椽子。⑥簟枕：竹席和枕头。

【练习】

1. 近人陈匪石评论本词道："陈廷焯谓（本词）'虽哀怨却不激烈，沉郁顿挫中别饶蕴藉'，洵为知言（洵：确实）。盖全篇之骨，为'江南倦客'四字，只一点睛，而既无露骨语，亦不作尽头语也（尽头语：直白的语言）。"结合这句话思考，本词在表现手法上有什么特点？主要抒发了作者怎样的思想感情？

2. 明人卓人月评论本词道："'老'字、'肥'字、'费'字，字法俱灵。"结合这句话思考，本词上阕的开头三句在遣词造句上主要好在哪里？

3. 宋人周济评论本词道："（'人静'二句）体物入微，夹入上下文中，似褒似贬，神味最远。"结合这句话思考，本词上阕中的"人静"二句主要好在哪里？

4. 近人俞陛云评论本词道："通首气脉之贯注，顿挫之蓄势，自是大家。下阕'身外'、'尊前'数语，不着闲愁，自成馨逸，尤为超妙。"结合这句话思考，本词下阕中的"且莫思"至结尾数语主要好在哪里？

五十三 燕山亭·北行见杏花

北宋·赵 佶

裁剪冰绡[1]，轻叠数重，淡著胭脂匀注[2]。
新样靓妆[3]，艳溢香融，羞杀蕊珠宫女[4]。
易得凋零，更多少、无情风雨。
愁苦！闲院落凄凉，几番春暮。

凭寄离恨重重，这双燕、何曾会人言语。
天遥地远，万水千山，知他故宫何处？
怎不思量，除梦里、有时曾去。
无据[5]。和梦也、新来不做。

【题解】

此词是宋徽宗赵佶于1127年与其子钦宗赵桓被金兵掳往北方途中所写，是作者身世、遭遇的悲惨写照。全词通过写杏花的凋零，借以哀伤自己悲苦无告、横遭摧残的命运。上阕先以细腻的笔触描绘杏花外形而及神态，勾勒出一幅绚丽的杏花图。下阕以杏花的由盛而衰暗示作者自身的境遇，抒写词人对自身遭遇的沉痛哀诉，表达出词人内心的无限苦痛。全词托物咏怀，抒写故国沦亡之悲慨，幽咽哀婉，伤感凄清。作者乃北宋著名书画家，其绘画重高写生，以精工通真著称于世。这种手法于此词的景物刻画中也有所体现，尤其上阕对杏花的描绘，颇具工笔画的意蕴。

【注释】

①冰绡：洁白的生丝绸。绡，生丝织成的薄绸。②著（zhuó）："着"的本字。附着、涂上的意思。燕脂：即胭脂。③靓妆：美丽的妆饰。④蕊珠：装饰有花蕊珠玉的宫殿，指仙境。⑤无据：不足依据，无所依据。

【练习】

1. 近人唐圭璋评论本词道："'易得'以下，陡转变徵之音（徵：古代五声之一。乐声中徵调变化，常作悲壮之声），怜花怜己，语带双关。花易凋零一层，风雨摧残一层，院落无人一层，望不见故宫一层，梦里思量一层，和梦不做一层。且问且叹，如泣如诉。总是以心中有万分委屈，故有此无可奈何之哀音，忽吞咽，忽绵邈，促节繁音，回肠荡气。"结合这句话思考，本词主要运用了什么表现手法？抒发了作者怎样的思想感情？

2. 近人王国维评论本词道："尼采谓一切文学余爱以血书者。后主之词，真所谓以血书者也。宋道君皇帝（赵佶）《燕山亭》词亦略似之。然道君不过自道身世之戚，后主则俨有释迦、基督担荷人类罪恶之意，其大小固不同矣。"结合这句话思考，本词和南唐后主李煜后期的词作有何异同之处？

【积累】

词人小传之二十三：赵佶

赵佶（1082—1135），神宗十一子，哲宗弟。哲宗病死，太后立他为帝。在位二十五年，国亡被俘受折磨而死，终年五十四岁，葬于永佑陵（在今浙江绍兴）。即位后不久，即重用蔡京、王黼、童贯、梁师成、李彦、朱勔，时称六贼。生活穷奢极侈，大肆搜刮民脂民膏，大兴土木，修建华阳宫等宫殿园林。宣和七年（1125）金兵南下，年底，传位与赵桓（钦宗），自称太上皇。靖康二年（1127）被金兵所俘，与儿子一起沦为亡国之君，最后死于五国城（今黑龙江依兰）。亦为书画家，他的正书称为"瘦金体"，并最擅长于花鸟画。有词集《宋徽宗词》。

南宋词选四十七首

五十四 满江红

南宋·岳　飞

怒发冲冠①，凭栏处、潇潇雨歇②。
抬望眼，仰天长啸③，壮怀激烈。
三十功名尘与土，八千里路云和月。
莫等闲、白了少年头，空悲切！

靖康耻④，犹未雪；臣子恨，何时灭？
驾长车踏破、贺兰山缺⑤。
壮志饥餐胡虏肉，笑谈渴饮匈奴血。
待从头，收拾旧河山，朝天阙⑥！

【题解】

这是首千古传诵的爱国名篇，充分地反映了岳飞精忠报国、一腔热血的英雄气概。或疑为明人伪作。上阕抒发作者为国立功满腔忠义奋发的豪气。下阕抒写了作者重整山河的决心和报效君王的耿耿忠心。全词如江河直泻，曲折回荡，激发处铿然作金石声。其笔力之沉厚，脉络之条鬯，情趣之深婉，皆不同凡响，倚声而歌，乃振兴中华之必修课也。

【注释】

①怒发冲冠：形容愤怒至极。②潇潇：形容雨势急骤。③长啸：感情激动时撮口发出清而长的声音，为古人的一种抒情之举。④靖康耻：宋钦宗靖康二年（1127），金兵攻陷汴京，虏走徽、钦二帝。⑤贺兰山：在今宁夏回族自治区。⑥天阙：宫殿前的楼观。

【练习】

1. 清人沈际飞评论本词道:“胆量、意见、文章悉无今古。有此愿力，是大圣贤、大菩萨。”结合这句话思考，本词主要表现了作者怎样的“愿力”?

2. 清人陈廷焯评论本词道:“何等气概！何等志向！千载下读之，凛凛有生气焉。‘莫等闲’二语，当为千古箴铭。”结合这句话思考，本词上阕的结尾两句主要好在哪里?

3. 近人刘永济评论本词道:“此词乃作者直抒痛愤国耻，期于报仇之志。情辞慷慨,至为明切……明文征明有《满江红》词(见【链接】),最能说出高宗所以纵任秦桧诬杀岳飞之心理。”阅读文征明词，找出作者对宋高宗“纵任秦桧诬杀岳飞”的心理描写。

【链接】

满江红

明 · 文征明

拂拭残碑，敕飞字、依稀堪读。
慨当初、倚飞何重，后来何酷。
果是功成身合死，可怜事去言难赎。
最无辜、堪恨又堪怜，风波狱。

岂不念，中原蹙；且不念，徽钦辱。
念徽钦既返，此身何属。
千载休谈南渡错，当时自怕中原复。
笑区区、一桧亦何能，逢其欲。

【积累】

词人小传之二十四：岳飞

岳飞（1103—1142），字鹏举，精忠报国之人，著名军事家、民族英雄、抗金名将，南宋中兴四将（岳飞、韩世忠、张俊、刘光世）之一。河北西路相州汤阴县永和乡孝悌里（今河南省安阳市）人。二十岁投军抗金。绍兴十一年（1141），秦桧以“其事莫须有”（难道没有这样的事吗）的罪名将岳飞治罪，在临安大理寺狱中被狱卒拉肋（猛击胸肋）而死（一说赐毒酒而死），时年三十九岁。绍兴三十二年高宗退位，孝宗即位，为岳飞平反。乾道五年（1170），宋孝宗诏复飞官，以礼改葬，建庙于鄂。六年，赐岳飞庙曰忠烈。淳熙六年（1180年），谥武穆，嘉泰四年（1204）宋宁宗追封高宗的抗金诸将为七王，岳飞封为鄂王。宋理宗宝庆元年（1225）定谥号忠武。岳飞有《岳武穆集》（又称《武穆遗书》）。存词3首。

五十五 小重山

南宋·岳 飞

昨夜寒蛩不住鸣[1]。惊回千里梦，已三更。
起来独自绕阶行。人悄悄，帘外月胧明。

白首为功名[2]，旧山松竹老，阻归程。
欲将心事付瑶琴[3]。知音少，弦断有谁听。

【题解】

本篇是作者多年征战受掣肘时惆怅心理的反映，是用一种含蓄蕴藉的手法表达他抗金报国的壮怀。有人评之：“一种壮怀能蕴藉，诸君细读《小重山》。” 上阕寓情于景，写作者思念中原、忧虑国事的心情。下阕抒写收复失地受阻、心事无人理解的苦闷。全词表现了作者不满和议，反对投降时的惆怅之情，体现了作者强烈的爱国情感。

【注释】

①寒蛩：深秋的蟋蟀。②白首：即白头，指代老人。③瑶琴：用玉装饰的琴。暗用俞伯牙、钟子期“高山流水”故事。

【练习】

1. 近人龙榆生评论本词道：“一种激昂忠愤之气，读之使人慷慨。推其志，虽与日月争光可也。”结合这句话思考，本词主要抒发了作者怎样的思想感情？

______

______

______

2. 近人詹安泰评论本词道："岳鹏举《满江红》，悲愤之怀，壮烈之志，和盘托出，绝无隐蓄，此不关乎寄托也。至其《小重山》词，则真有寄托之作也。故国怕回首，而托诸惊梦；所愿不得偿，则托诸空阶明月；咎忠贞不见谅于当轴，致坐失机宜，而托诸瑶琴独奏。盖托体比兴也。陈藏一《话腴》谓：'（本词）盖指和议之非。'"结合这句话思考，本词主要运用了什么表现手法？其效果如何？

【积累】

比　兴

比兴是文学创作中的两种手法。比是比喻，兴为寄托。比兴从《诗经》起就已开始运用。儒家诗论把比兴列为"六义"（风、雅、颂、赋、比、兴）的两种。郑玄说："比"是"见今之失，不敢斥言，取比类以言之"。"兴"是"见今美，嫌于媚谀，取善事以喻劝之"（见《周礼·春官宗伯·大师》注）。把比兴与美刺联系起来加以解释。

而所谓"比"，按照朱熹的解释是"以彼物比此物也"，其实就是比喻。它通过具体形象的事物比所要写的事物，使之形象、生动、具体。所谓"兴"，即"先言他物以引起所咏之词也"。诗用形象思维，离不开比兴两法。因此，比与兴构成了诗歌的两种技巧。

五十六 永遇乐·京口北固亭怀古

南宋·辛弃疾

千古江山，英雄无觅，孙仲谋处①。
舞榭歌台，风流总被、雨打风吹去。
斜阳草树，寻常巷陌，人道寄奴曾住②。
想当年、金戈铁马，气吞万里如虎③。

元嘉草草，封狼居胥，赢得仓皇北顾④。
四十三年，望中犹记，烽火扬州路⑤。
可堪回首，佛狸祠下⑥，一片神鸦社鼓⑦！
凭谁问：廉颇老矣，尚能饭否⑧？

【题解】

这首词是南宋著名文学家辛弃疾于宋宁宗开禧元年（1205），六十六岁任镇江知府时，登上京口北固亭后所写的一首感怀词。京口：古城名，即今江苏镇江。因临京岘山、长江口而得名。辛弃疾调任镇江知府以后，登临北固亭，感叹报国无门的失望，凭高望远，抚今追昔，于是写下了这篇传唱千古之作。这首词用典精当，有怀古、忧世、抒志的多重主题。全词豪壮悲凉，义重情深，饱含着爱国主义的思想光辉。词中用典贴切自然，紧扣题旨，增强了作品的说服力和意境美。明代杨慎在《词品》中说："辛词当以京口北固亭怀古《永遇乐》为第一。"这种评价是中肯的。

【注释】

①孙仲谋：三国时的吴王孙权，字仲谋，曾建都京口。②寄奴：南朝宋武帝刘裕小名。先祖是彭城人(今江苏徐州市)，后迁居到京口(江苏镇江市)，南北朝时期宋朝的建立者，史称宋武帝。中国历史上杰出的政治家、卓越的军事家、统帅。③“想当年”三句：刘裕曾两次领晋军北伐，收复洛阳、长安等地。④“元嘉草草”句：元嘉是刘裕之子刘义隆的年号。草草：轻率。南朝宋（不是南宋）刘义隆好大喜功，仓促北伐，却反而让北魏拓跋焘抓住机会，以骑兵集团南下，兵抵长江北岸而返，遭到对手的重创。封狼居胥：汉武帝元狩四年（公元前 119）霍去病远征匈奴，歼敌七万余，封狼居胥山而还。狼居胥山，在今蒙古境内。词中用“元嘉北伐”失利事，以影射南宋“隆兴北伐”。⑤“四十三年”句：作者于宋高宗绍兴三十二年（1162）南归，到写该词时正好为四十三年。⑥佛狸祠：北魏太武帝拓跋焘小名佛狸。公元 450 年，他曾反击刘宋，两个月的时间里，兵锋南下，五路远征军分道并进，从黄河北岸一路穿插到长江北岸。在长江北岸瓜步山建立行宫，即后来的佛狸祠。⑦神鸦：指在庙里吃祭品的乌鸦。社鼓：祭祀时的鼓声。到了南宋时期，当地老百姓只把佛狸当做一位神祇来奉祀供奉，而不知道他过去曾是一个皇帝的行宫。⑧廉颇：战国时赵国名将。《史记·廉颇蔺相如列传》记载，廉颇被免职后，跑到魏国，赵王想再用他，派人去看他的身体情况，廉颇之仇郭开贿赂使者，使者看到廉颇，廉颇为之米饭一斗，肉十斤，被甲上马，以示尚可用。使者回来报告赵王说：“廉颇将军虽老，尚善饭，然与臣坐，顷之三遗矢（通假字，即屎）矣。”赵王以为廉颇已老，遂不用。

【练习】

1. 清人宋翔凤评论本词道：“辛稼轩《永遇乐·京口北固亭怀古》一词，意在恢复，故追论孙、刘，皆南朝之英主；屡言佛狸，易拓跋比金人也。”结合这句话思考，在本词中作者运用孙权、刘裕、拓跋焘三人的典故，主要有什么用意？

____

____

____

2. 近人刘永济评论本词道:"'元嘉'三句,言欲恢复中原必须先有准备,否则必致败亡,因举宋文帝故事以见此意。宋文帝欲恢复中原,王玄谟迎合其意,大言可行。文帝因谓侍臣曰:'闻玄谟陈说,令人有封狼居胥意。'次年,即分命王玄谟等率师北伐,卒乃大败。北魏太武帝遂大举南侵,直抵扬州,江南震动。文帝自登建康幕府山观望形势,故曰'草草',曰'仓皇北顾'。考此词作于宁宗开禧元年韩侂胄定议伐金之时。稼轩以此事准备不足,近于冒昧,与玄谟贪功相同,故举宋元嘉往事而言。稼轩为各州安抚使时,必储粮练兵以为用兵准备,今见韩氏无备而举事,不免忧虑,故于登览山川之际,感慨及之。或谓侂胄北伐之议,稼轩所赞成,观此词知其不然。"结合这段话思考,在本词下阕中作者运用刘义隆北伐的典故,有什么深意?

____

____

____

3. 清人先著评论本词道:"发端便欲涕落,后段一气贯注,笔不可遏。廉颇自拟,慷慨壮怀,如闻其声。"结合这句话思考,作者在本词下阕运用廉颇的典故,主要有何用意?

____

____

____

4. 近人梁启勋评论本词道:"(本词)乃嘉泰四年稼轩六十五岁,自浙东安抚移知镇江府时作也。四十三年前,即稼轩奉表难归之年,于此渡江。追怀出入烽火之事迹,故能如此悲壮。"结合这段话思考,本词下阕的"四十三年"句在全词中有何表达作用?

____

____

____

5. 清人沈祥龙评论本诗道："稼轩《永遇乐》，岳倦翁（岳飞之孙岳珂，号倦翁）尚谓其用事太实。然亦有法，材富则约以用之，语陈则新以用之，事熟则生以用之，意晦则显以用之，实处间以虚意，死处参以活语，如禅家转法华，弗为法华转，斯为善于运用。"结合这段话思考，本词在运用典故上有什么特点？

【积累】

用　　典

用典亦称用事，凡诗文中引用过去之有关人、地、事、物之史实，或语言文字，以为比喻，而增加词句之含蓄与典雅者，即称用典。刘勰在《文心雕龙》里诠释说"据事以类义，援古以证今"。即用来以古比今，以古证今，借古抒怀。用典既要师其意，尚须能于故中求新，更须能令如己出，而不露痕迹，所谓"水中着盐，饮水乃知盐味"，方为佳作。用典之功用有四，略述于下：第一、引前人之言或事，以验证作者之理论。第二、诗中有不便直述者，可借典故之暗示，婉转道出作者之心声，即所谓"据事以类义"也。第三、诗句之组成，应力求经济，尤其近体诗有其一定之字数限制，用典可减少语词之繁累。第四、用典可使文辞妍丽，声调和谐，对仗工整，结构谨严，而增加外形之美与丰富之内涵。

典故之种类有三，即明典、暗典、翻典，分述于下：明典者，令人一望即知其用典也。如苏轼《念奴娇 · 赤壁怀古》用周瑜故事。暗典者，于字面上看不出用典之痕迹，须详加玩味，方能体会。如杜甫《望岳》暗用"孔子登泰山而小天下"语。翻典者，即反用以前之典故，使产生意外之效果。如李商隐《贾生》。

五十七 水龙吟·登金陵建康亭

南宋·辛弃疾

楚天千里清秋，水随天去秋无际。
遥岑远目①，献愁供恨，玉簪螺髻②。
落日楼头，断鸿声里③，江南游子。
把吴钩看了④，栏干拍遍，无人会，登临意。

休说鲈鱼堪脍，尽西风，季鹰归未⑤？
求田问舍，怕应羞见，刘郎才气⑥。
可惜流年，忧愁风雨，树犹如此⑦！
倩何人、唤取⑧红巾翠袖⑨，揾英雄泪⑩？

【题解】

该词作于乾道四至六年（1168—1170）间建康通判任上。这时作者南归已八九年了，却投闲置散，做一个建康通判，不得一遂报国之愿。偶有登临周览之际，一抒郁结心头的悲愤之情。建康（今江苏南京）是东吴、东晋、宋、齐、梁、陈六个朝代的都城。赏心亭是南宋建康城上的一座亭子。据《景定建康志》记载："赏心亭在（城西）下水门城上，下临秦淮，尽观赏之胜。"上阕以山水起势，雄浑而不失清丽。下阕抒怀，写其壮志难酬之悲。艺术上渐趋成熟境界：豪而不放，壮中见悲，力主沉郁顿挫。

【注释】

①遥岑：远山。②玉簪：碧玉簪。螺髻：螺旋盘结的发髻。皆形容远山秀美。③断鸿：离群失侣的孤雁。④吴钩：指吴国制造的一种兵器。⑤“休说”句：晋朝人张翰（字季鹰），在洛阳做官，见秋风起，想到家乡苏州味美的鲈鱼，便弃官回乡。（见《晋书·张翰传》）⑥“求田”句：三国时许汜去看望陈登，陈登对他很冷淡，独自睡在大床上，叫他睡下床。许汜去询问刘备，刘备说：天下大乱，你忘怀国事，求田问舍，陈登当然瞧不起你。求田问舍：买地置屋。刘郎：指三国时刘备，泛指有大志之人。⑦“可惜”句：据《世说新语·言语》记载，桓温北征，经过金城，见自己过去种的柳树已长到几围粗，便感叹地说：“木犹如此，人何以堪？”⑧倩：请托。⑨红巾翠袖：代指美人。⑩揾：擦拭。

【练习】

1. 近人邓广铭评论本词道：“此词充满牢骚愤激之气，且有‘树犹如此’语，疑非首次官建康时作。盖当南归之初，自身之前途功业如何，尚难测度，嗣后乃复沉沦下僚，满腹经纶，迄无所用，迨重至建康，登高眺远，胸中积郁乃不能不以一吐为快矣。”结合这句话思考，本词主要抒发了作者怎样的思想感情？

____

____

____

2. 近人唐圭璋评论本词道：“换头三用典，委曲之至。‘休说’两句，用张翰事，言不得便归。‘求田’两句，用刘备事，言不屑求田。‘可惜’两句，用桓温事，言己之伤感。”结合这段话思考，本词下阕中的三处用典，各有什么深意？

____

____

____

3. 近人蔡嵩云评论本词道："填词，一调有一调之体制，一调有一调之气象，即一调有一调之作法。《水龙吟》本非难调，亦无难句，惟前后遍中四字组成之六排句，太整太板，不易讨好。词中遇此等句法，须于整中寓散，板中求活。换言之，即各句下字时，须将实字、虚字、动字、静字，分别错综组织以尽其变……细玩东坡'似花还似非花'一首，稼轩'楚天千里清秋'一首，于此前后六排句，手法何等灵变。"结合这段话思考，本词上、下阕中的中间六句四字排句主要好在哪里？

____

____

____

【积累】

词人小传之二十五：辛弃疾

辛弃疾（1140—1207），南宋爱国词人。字幼安，别号稼轩，历城（今山东济南）人。二十一岁参加抗金义军，不久归南宋。历任湖北、江西、湖南、福建、浙东安抚使等职。一生力主抗金。曾上《美芹十论》与《九议》，条陈战守之策，显示其卓越军事才能与爱国热忱。但均未被采纳，曾长期落职闲居于江西上饶、铅山一带。韩侂胄当政时一度起用，不久病卒。辛弃疾存词629首。强烈的爱国主义思想和战斗精神是辛词的基本思想内容。

春猎图轴

[清] 胡聪

白桃花图轴 [清] 汪士慎

五十八 摸鱼儿

南宋·辛弃疾

淳熙己亥，自湖北漕移湖南，同官王正之置酒小山亭，为赋。

更能消、几番风雨①，匆匆春又归去。
惜春长怕花开早，何况落红无数。
春且住，见说道，天涯芳草无归路。
怨春不语。算只有殷勤，画檐蛛网，尽日惹飞絮②。

长门事③，准拟佳期又误。蛾眉曾有人妒④。
千金纵买相如赋⑤，脉脉此情谁诉？
君莫舞，君不见、玉环飞燕皆尘土⑥！
闲愁最苦。休去倚危栏，斜阳正在，烟柳断肠处。

【题解】

本篇作于淳熙六年（1179）春。时辛弃疾四十岁，南归已有十七年之久。在这漫长的岁月中，作者扶危救亡的壮志未能施展，收复失地的策略未被采纳，屡遭排挤打击，不得重用，接连四年，改官六次。这次，他由湖北转运副使调官湖南，并非奔赴他日夜向往的国防前线，而是照样去担任主管钱粮的小官。行前，同僚王正之在小山亭摆下酒席为他送别，作者见景生情，抒写了他长期积郁于胸的苦闷之情。上阕写惜春、怨春、留春的复杂情感。下阕借陈阿娇的故事，写爱国深情无处倾吐的苦闷。词中对南宋小朝廷的昏庸腐朽，对投降派的得意猖獗表达了强烈的不满。

【注释】

①消：经受。②“算只有”句：想来只有檐下蛛网还殷勤地沾惹飞絮，留住春色。③长门：汉代宫殿名，武帝皇后失宠后被幽闭于此，司马相如《长门赋序》：“孝武陈皇后，时得幸，颇妒。别在长门宫，愁闷悲思，闻蜀郡成都司马相如天下工为文，奉黄金百万，为相如，文君取酒，因以悲愁之辞，而相如为文以悟主上，陈皇后复得幸。”④蛾眉：指美人，即陈皇后。⑤相如赋：即司马相如的《长门赋》。⑥玉环飞燕：杨玉环、赵飞燕，皆貌美善妒。

【练习】

1. 清人沈祥龙评论本词道：“感时之作，必借景以形之。如稼轩云：‘算只有殷勤，画檐蛛网，尽日惹飞絮。’同甫云（陈亮：字同甫）‘恨芳菲世界，游人未赏，都付与莺与燕。（语出陈亮《水龙吟 · 春恨》，详见本书六十四）’不言正意，而言外有无穷感慨。”结合这段话思考，本词上阕主要运用了什么表现手法？其表达效果如何？

2. 近人俞陛云评论本词道：“当其在孝宗朝曾拥节钺，后之奉身而退，殆有谗扼之者，故上阕写不平之气。下阕‘蛾眉曾有人妒’更明言之；玉环飞燕，皆归尘土，则妒人者果何益耶？”结合这段话思考，本词下阕运用陈皇后的典故，有什么深意？

3. 清人陈洵评论本词道：“‘佳期’二字，是全篇点睛。时稼轩南归十八年矣，《应问》三篇，《美芹十论》，以讲和方定议，不行。佳期之误，误之谁乎？读公之词，为之三叹。寓幽咽怨断于浑灏流转中，此境亦惟公有之，他人不能为也。”结合这段话思考，本词寄寓了作者怎样的感慨？

4. 清人陈廷焯评论本词道："'更能消几番风雨'一章，词意殊怨，然姿态飞动，极沉郁顿挫之致。起句'更能消'三字，是从千回万转后倒折出来，真是有力如虎。……'春且住'三字一喝，怒甚。"结合这句话思考，本词上阕的开头三字和中间"春且住"三字各有何表达作用？

____

____

____

5. 清人黄苏评论本词道："辞意过于激切。第南渡之初，危如累卵。'斜阳'句，亦危言耸听之意耳。持重者多危词，赤心人少甘语，亦可以谅其志哉！"结合这句话思考，本词下阕的结尾"休去"句寄寓了作者怎样的思想情感？

____

____

____

五十九 贺新郎

南宋·辛弃疾

邑中园亭，仆皆为赋此词。一日独坐停云，水声山色，竞来相娱。意溪山欲援例者。遂作数语，庶几仿佛渊明思亲友之意云。

甚矣吾衰矣①。
怅平生、交游零落，只今余几。
白发空垂三千丈②，一笑人间万事。
问何物、能令公喜③。
我见青山多妩媚，料青山、见我应如是④。
情与貌，略相似。

一尊搔首东窗里⑤。
想渊明、停云诗就⑥，此时风味。
江左沉酣求名者⑦，岂识浊醪妙理⑧。
回首叫、云飞风起。
不恨古人吾不见，恨古人、不见吾狂耳。
知我者，二三子⑨。

【题解】

辛弃疾于江西上饶带湖闲居达十年之久后，绍熙三年（1192）春，被起用赴福建提点刑狱任。绍熙五年（1194）秋七月，以谏官黄艾论列被罢帅任。主管建宁府武夷山冲佑观。次年江西铅山期思渡新居落成，“新葺茅檐次第成，青山恰对小窗横”（《浣溪沙 · 瓢泉偶作》）。这首词就是为瓢泉新居的“停云堂”题写的。为了扣亭子的名字，辛弃疾有意仿效自己引为榜样的前代诗人陶渊明的《停云》诗，在词中表达了对亲友的思念之情。词的上阕表现时光流逝，生命老去，亲友凋零，理想落空等痛苦。词的下阕表现饮酒之后的所思所想，自己的远大志向难以实现的苦恼，只有几位亲友能够了解，其中有着强烈的不甘寂寞之心，希望能再度出山，有所作为。

【注释】

①“甚矣”句：语出《论语 · 述而篇》，孔子说：“甚矣吾衰也，久矣吾不复梦见周公。”②“白发”句：化用李白《秋浦歌》“白发三千丈，缘愁似个长”诗句。③“问何物”句：暗用《世说新语 · 宠礼篇》：“王珣、郗超并有奇才，为大司马所眷拔。珣为主薄，超为记室参军。超为人多髯，珣状短小，于时荆州为之语曰：髯参军，短主薄，能令公喜，能令公怒”。④“我见青山”句：化用李白《敬亭独坐》“相看两不厌，只有敬亭山”诗句。⑤搔首：以手搔头。焦急或有所思貌。化用陶《停云》诗：“静寄东轩，春醪独抚。良朋悠悠，搔首延伫。”⑥停云：凝聚不散的云。在本词中指陶渊明的《停云》诗，为作者“思亲友”所作。⑦沉酣求名者：整日沉醉以求名士风流的人。化用苏轼《和陶潜饮酒诗》：“江左风流人，醉中亦求名。”⑧浊醪：指浊酒。指简单粗糙的饮食。⑨二三子：如作者的好友陈亮。

【练习】

1. 宋人岳珂评论本词道：“稼轩以词名，每燕必命侍妓歌其所作（燕：宴会）。特好歌《贺新郎》一词，自诵其警句曰：‘我见青山多妩媚，料青山、见我应如是。’又曰：‘不恨古人吾不见，恨古人、不见吾狂耳。’每至此，辄拊髀自笑，顾问坐客何如，皆叹誉如出一口。”结合这句话思考，本词中作者最喜欢的两句诗句，分别抒发了作者怎样的思想感情？

______

______

______

2. 明人卓人月评论本词道：“此词稼轩自拟彭泽诗意（彭泽：指陶渊明），然彭泽一爵酣如，二爵訚訚（訚訚：和悦的样子），如此则‘坎坎鼓我，蹲蹲舞我’（语出《诗经 · 伐木》，此指鼓舞人心，令人激昂）矣。”结合这句话思考，本词与陶诗诗意有何异同之处？

____

____

____

○六十　破阵子·为陈同甫赋壮词以寄之

南宋·辛弃疾

醉里挑灯看剑①，梦回吹角连营②。
八百里分麾下炙③，五十弦翻塞外声④。
沙场秋点兵。

马作的卢飞快⑤，弓如霹雳弦惊。
了却君王天下事⑥，赢得生前身后名。
可怜白发生！

【题解】

这首词约作于淳熙十五年（1188）。当时辛弃疾被免官闲居江西上饶带湖。布衣陈亮“为人才气超迈，喜谈兵，议论风生，下笔数千言立就”。辛、陈两人才气相若，抱负相同，都是力主抗金复国的志士，慷慨悲歌的词人。1188年，辛、陈鹅湖之会议论抗金大事，一时传为词坛佳话。这首词写于鹅湖之会分手之后。上阕写作者闲居家中心情苦闷；下阕描写了壮烈的战斗和胜利的结局。这首词基调雄壮高昂，真不愧为“壮词”。而结句的悲壮低徊，却与此形成鲜明对比，更令人感慨与寻思。

【注释】

①挑灯：把油灯的芯挑一下，使它明亮。②吹角：军队中吹号角。③“八百里”句：指部队驻扎的范围。一说指牛，有一头骏牛，名叫“八百里驳”。炙：烤熟的肉。④五十弦：古代有一种瑟有五十根弦。泛指军乐合奏的各种乐器。翻：演奏。塞外声：反映边塞征战的乐曲。⑤的卢：一种烈性快马。⑥天下事：指收复中原。

【练习】

1. 本词名为“壮词”，结尾却曰：“可怜白发生！”思考作者这样写有什么好处？

2. 清人陈廷焯评论本词道：“字字跳掷而出，‘沙场’五字，起一片秋声，沉雄悲壮，凌铄千古。”结合这句话思考，本词上阕的结尾一句在全词中有何表达作用？

六十一 菩萨蛮·书江西造口壁

南宋·辛弃疾

郁孤台下清江水①，中间多少行人泪②。
西北望长安③，可怜无数山④。

青山遮不住，毕竟东流去。
江晚正愁余⑤，山深闻鹧鸪⑥。

【题解】

这首词为宋孝宗淳熙三年（1176）作者任江西提点刑狱，驻节赣州、途经造口时所作。关于此词之发端，罗大经在《鹤林玉露》中说：“盖南渡之初，虏人追隆祐太后御舟至造口，不及而还。幼安自此起兴。”造口，一名皂口，在江西万安县西南六十里，词中的郁孤台在赣州城西北角，因“隆阜郁然，孤起平地数丈”得名。此词发抒对建炎年间国事艰危之沉痛追怀，对靖康以来失去国土之深情萦念，运用比兴手法，以眼前景道心上事，达到比兴传统意内言外之极高境界。全词一片神行又潜气内转，兼有神理高绝与沉郁顿挫之美。明人卓人月评之曰：“忠愤之气，拂拂指端。”

【注释】

①清江：赣江与袁江合流处旧称清江。②行人泪：点出造口当年隆祐太后被金人追击一事。③长安：指汴京，④可怜：可惜。⑤愁余：使我感到忧愁。⑥鹧鸪：鸟名，传说它的叫声像“行不得也哥哥”，啼声凄苦。

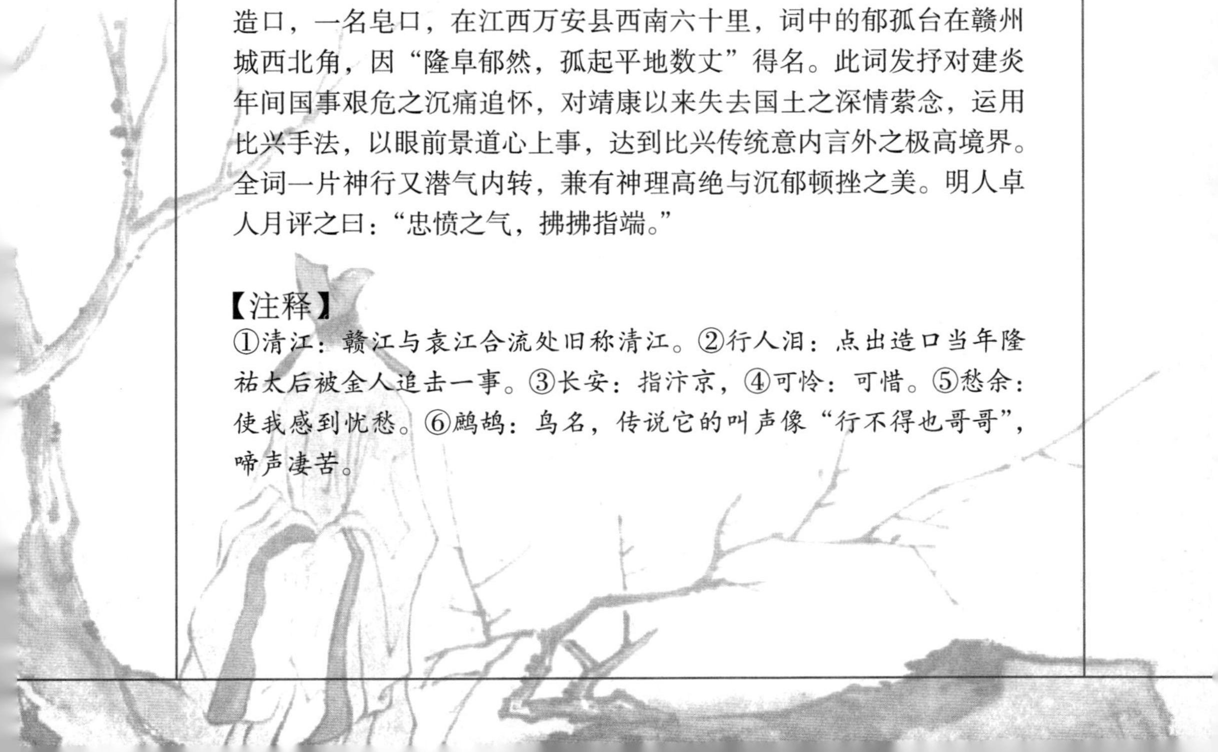

【练习】

1. 近人俞陛云评论本词道：“词仅四十四字，举怀人恋阕，望远思归，悉纳其中，而以清空出之，复一气旋转，深得唐贤消息。集中之高格也。”结合这句话思考，本词主要抒发了作者怎样的思想感情？

____

____

____

2. 清人陈廷焯评论本词道：“血泪淋漓，古今让其独步。结二语号呼痛哭，音节之悲，至今犹隐隐在耳。”结合这句话思考，本词下阕的结尾两句主要好在哪里？

____

____

____

六十二 青玉案·元夕

南宋·辛弃疾

东风夜放花千树①，更吹落、星如雨②。
宝马雕车香满路。
凤箫声动，玉壶光转③，一夜鱼龙舞④。

蛾儿雪柳黄金缕⑤，笑语盈盈暗香去⑥。
众里寻他千百度。
蓦然回首⑦，那人却在，灯火阑珊处⑧。

【题解】

此词极力渲染元宵节观灯的盛况。元夕：阴历正月十五为上元节，这日晚上称元夕，亦称元宵，元夜。古代有元夕观灯的风俗。这是一首别有寄托的词作。词人假借对一位厌恶热闹、自甘寂寞的女子的寻求，含蓄地表达了自己的高洁志向和情怀。上阕极写元夕灯火辉煌、歌舞繁盛的热闹景象。下阕写不慕荣华，甘守寂寞的一位美人形象。美人形象便是寄托着作者理想人格的化身。

【注释】

①花千树：花灯之多如千树开花。②星如雨：指焰火纷纷,乱落如雨。③玉壶：指月亮。④鱼龙舞：指舞鱼龙灯。⑤蛾儿、雪柳、黄金缕：皆古代妇女的首饰。指盛装的妇女。⑥盈盈：仪态美好的样子。⑦蓦然：突然，猛然。⑧阑珊：零落稀疏的样子。

【练习】

1. 清人梁启超评论本词道：“自怜幽独，伤心人别有怀抱。”结合这句话思考，本词主要抒发了作者怎样的思想情感？

2. 近人俞陛云评论本词道：“此词自起笔至‘笑语’句，皆纪‘元夕’之游观。惟结三句别有会心。其回首欲见之人，岂避喧就寂耶？或人约黄昏，有城隅之俟耶？含意未申，戛然而止，盖诗人寻味也。”结合这句话思考，本词下阕的结尾三句主要好在哪里？

六十三 水调歌头·送章德茂大卿使虏

南宋·陈 亮

不见南师久，谩说北群空[1]。
当场只手[2]，毕竟还我万夫雄。
自笑堂堂汉使，得似洋洋河水，依旧只流东？
且复穹庐拜[3]，会向藁街逢[4]！

尧之都，舜之壤，禹之封[5]。
于中应有，一个半个耻臣戎[6]！
万里腥膻如许[7]，千古英灵安在，磅礴几时通[8]？
胡运何须问，赫日自当中[9]！

【题解】

淳熙十二年（1185）十二月，宋孝宗命章森（字德茂）以大理少卿试户部尚书衔为贺万春节（金世宗完颜雍生辰）正使，陈亮作此词为章德茂送行。“大卿”是对他官衔的尊称。“使虏”指出使到金国去。苟且偷安的南宋朝廷，自与金签订了“隆兴和议”以后，两国间定为叔侄关系，南宋常怕金以轻启边衅相责，借口南犯，不敢作北伐的准备。每年元旦和双方皇帝生辰，还按例互派使节祝贺，以示和好。虽貌似对等，但宋使在金，多受歧视。故南宋有志之士，对此极为恼火。上阕紧扣“出使”的题目，下阕的议论站得更高，触及了整个时事。本词言辞慷慨，充满激情，表达了不甘屈辱的正气，与誓雪国耻的豪情。清人陈廷焯评论本词道：“精警奇肆，剑拔弩张。”

【注释】

①“漫说”句：借用韩愈《送温处士赴河阳军序》“伯乐一过冀北之野而马群遂空”的语句，以骏马为喻，说明南宋大有人在。②只手：只手可了，即轻而易举地独当一面。③穹（qióng）庐：古代游牧民族居住的毡帐，这里指金廷。④藁（gǎo）街：汉代京城给处国使臣住的一条街道。⑤封：疆界。⑥耻臣戎：以向金国称臣为耻。⑦腥膻：羊肉的腥味，借指金朝统治区。⑧磅礴：指民族气概。⑨赫日：红日，比喻南宋国势强盛。

【练习】

1. 本词名为“送别”，却不见半点忧戚之色，结合这首词的写作背景思考，本词在艺术风格上有何特色？

____

____

____

2. 清人冯煦评论本词道：“龙川痛心北虏，亦屡见于辞，如《水调歌头》……忠愤之气，随笔涌出，并足唤醒当时聋聩，正不必论词之工拙也。”结合这句话思考，本词主要抒发了作者怎样的思想感情？

____

____

____

【积累】

词人小传之二十六：陈亮

陈亮（1143—1194），字同甫，号龙川，人称龙川先生。南宋思想家、文学家。婺州永康（今属浙江）人。婺州以解头荐，“因上《中兴五论》，奏入不报。”孝宗淳熙五年诣阙上书论国事。后曾两次被诬入狱。光宗绍熙四年策进士，擢为第一，授建康军节度判官厅公事，未到任而卒。有《龙川文集》、《龙川词》。存词七十余首。

六十四 水龙吟·春恨

南宋·陈 亮

闹花深处层楼[1]，画帘半卷东风软。
春归翠陌，平莎茸嫩，垂杨金浅。
迟日催花[2]，淡云阁雨，轻寒轻暖。
恨芳菲世界，游人未赏，都付与、莺和燕。

寂寞凭高念远。向南楼、一声归雁。
金钗斗草[3]，青丝勒马[4]，风流云散。
罗绶分香[5]，翠绡封泪[6]，几多幽怨！
正销魂，又是疏烟淡月，子规声断[7]。

【题解】

这是一首伤春念远的词。上阕写春光烂漫，却无人欣赏。下阕点明全词的“念远”的主旨，写昔日邂逅的情境与别后的“幽怨”，一片凄清景致。陈亮乃南宋气节之士，绝少儿女情长。有人认为此作寄托了作者的恢复之志。

【注释】

①闹花：形容百花盛开。②迟日：春日昼长，故曰“迟日”。③金钗斗草，拔金钗作斗草游戏。斗草：古代一种游戏。④青丝勒马，用青丝绳做马络头。⑤罗绶分香：临别以香罗带贻赠留念。罗绶：罗带。⑥翠绡封泪，翠巾裹着眼泪寄予对方，典出《丽情集》记灼灼事。⑦子规：杜鹃鸟，鸣声凄厉。

【练习】

1. 清人陈廷焯评论本词道："此词'念远'二字是主，故目中一片春光，触我愁肠，都成眼泪。"结合这句话思考，本词主要抒发了作者怎样的思想感情？

2. 清人沈祥龙评论本词道："感时之作，必借景以形之。如同甫云'恨芳菲世界，游人未赏，都付与、莺与燕'。不言正意，而言外有无穷感慨。"结合这句话思考，本词在表现手法上有什么特点？其表达效果如何？

六十五 水调歌头·闻采石战胜

南宋·张孝祥

雪洗虏尘静，风约楚云留①。
何人为写悲壮？吹角古城楼。
湖海平生豪气②，关塞如今风景③，剪烛看吴钩④。
剩喜燃犀处⑤，骇浪与天浮。

忆当年，周与谢⑥，富春秋。
小乔初嫁⑦，香囊未解⑧，勋业故优游⑨。
赤壁矶头落照，淝水桥边衰草，渺渺唤人愁。
我欲乘风去⑩，击楫誓中流⑪。

【题解】
宋高宗绍兴三十一年（1161）虞允文在采石矶大胜金兵，当时张孝祥正任抚州知州，捷报传来，他欣喜欲狂，当即写了这首《水调歌头》。本词气魄宏伟，作者炽热的爱国主义思想洋溢于字里行间。全词格调激昂慷慨，悲壮宏伟，用典贴切自然，是思想性强、艺术水平高的名作，从总体气氛上看可属“快词”。

【注释】
①楚云：当时作者正往来于宣城、芜湖间，不能参战，故云。②“湖海”句：化用《三国志·陈登传》句：“陈元龙湖海之士，豪气不除。”③“关塞”句：暗用《世说新语》中“风景不殊，正自有山河之异”的典故。④吴钩：产于吴地的宝刀。李贺有《南园》诗云：“男儿何不带吴钩，收取关山五十州。”⑤燃犀：用温峤在采石矶燃犀的典故，含有把敌兵比作妖魔鬼怪之意。《晋书·温峤传》载：“燃犀角而照

之",后用"燃犀"作照妖魔的意思。⑥周：指三国时东吴的周瑜；谢：指晋朝的谢玄。⑦小乔初嫁：周瑜和小乔结婚的时候只有二十四岁。⑧香囊未解:《晋书·谢玄传》载，谢玄少年时"好佩紫香囊"。⑨优游：从容不迫的样子。⑩乘风：典出《南史·宗慤传》，宗慤少有大志，曾对他的叔父宗炳说："愿乘长风破万里浪。"⑪击楫：典出《晋书·祖逖传》，化用祖逖"中流击楫而誓"句意。

【练习】

1. 本词题为"战胜"而作，从词中哪些地方可以看出作者听闻大捷时的心情？

______

______

______

2. 作者在本词下阕中引用周瑜赤壁之战和谢玄淝水之战的典故，主要有何用意？

______

______

______

【积累】

词人小传之二十七：张孝祥

张孝祥（1132—1170），字安国，号于湖居士，南宋著名词人、书法家。历阳乌江（今安徽和县东北）人。绍兴二十四年甲戌状元。因廷试第一，居秦桧孙秦埙之上，登第后即上书为岳飞叫屈，秦桧指使党羽诬其谋反，将其父子投入监狱，秦桧死后获释。历任校书郎兼国史实录院校勘、权中书舍人、抚州知州、建康留守等职。其词风格豪迈。在建康任上所作《六州歌头》，慷慨激昂，力主抗金的大臣张浚为之感动罢席。有《于湖居士文集》。

六十六　念奴娇·过洞庭

南宋·张孝祥

洞庭青草，近中秋、更无一点风色。
玉鉴琼田三万顷①，著我扁舟一叶②。
素月分辉，明河共影③，表里俱澄澈④。
悠然心会，妙处难与君说。

应念岭表经年⑤，孤光自照，肝胆皆冰雪⑥。
短发萧疏襟袖冷⑦，稳泛沧浪空阔⑧。
尽挹西江⑨，细斟北斗⑩，万象为宾客⑪。
扣舷独啸，不知今夕何夕！

【题解】

这首词作于孝宗乾道二年（1166），当时，他被谗言落职，从广西经洞庭湖北归。这首词借洞庭夜月之景，抒发了作者的高洁忠贞和豪迈气概。上阕主要是写景，景中寓情。下阕着重抒情，意转激昂。通篇景中见情，笔势雄奇，境界空阔，表现了作者胸襟洒落、气宇轩昂，显示了作者的高尚品质。南宋学者魏了翁认为："张于湖有英姿奇气，著之湖湘间，未为不遇。洞庭所赋，在集中最为杰特。"

【注释】

①玉鉴琼田：形容月下湖水晶莹如玉。②着：附着。扁舟：小船。③明河：天河。④表里：里里外外。⑤岭表：岭外，即五岭以南的两广地区，作者此前为官广西。⑥冰雪：比喻心地光明磊落像冰雪般纯洁。⑦萧骚：稀疏。襟袖冷：形容衣衫单薄。⑧沧浪：青苍色的水。⑨挹：舀。西江：长江连通洞庭湖，中上游在洞庭以西，故称西江。⑩北斗：星座名。由七颗星排成像舀酒的斗的形状。⑪ 万象：万物。

【练习】

1. 本词名为“过洞庭”，在词中找出作者描写洞庭湖的句子，并说说作者笔下的洞庭湖有何特点？

2. 清人黄苏评论本词道：“写景不能绘情，必少佳致。此题咏洞庭，若只就洞庭落想，纵写得壮观，亦觉寡味。此词开首从‘洞庭’说至‘玉鉴琼田三万顷’，题已说完，即引入‘扁舟一叶’。以下从舟中人心迹与湖光映带写，隐现离合，不可端倪，镜花水月，是二是一。自迩神采高骞，兴会洋溢。”结合这句话思考，本词在写作手法上有何特色？

3. 清人王闿运评论本词道：“飘飘有凌云之气，觉东坡《水调》有尘心（指苏轼《水调歌头 · 明月几时有》）。”对比阅读苏、张二首中秋词，在表情达意上有何不同之处？

六十七 唐多令

南宋·刘 过

安远楼小集，侑觞歌板之姬黄其姓者，乞词于龙洲道人，为赋此《唐多令》。同柳阜之、刘去非、石民瞻、周嘉仲、陈孟参、孟容。时八月五日也。

芦叶满汀洲，寒沙带浅流。二十年重过南楼①。
柳下系船犹未稳，能几日，又中秋。

黄鹤断矶头②，故人曾到否？旧江山浑是新愁③。
欲买桂花同载酒，终不似，少年游。

【题解】

这首词是词人在宋宁宗嘉泰四年（1204）西下漫游途中之作。这是一首登临名作。作者借重过武昌南楼之机，感慨时事，抒写昔是今非和怀才不遇的思想感情。安远楼，在武昌黄鹄山上，一名南楼。建于淳熙十三年（1186）。刘过重访南楼，距上次登览近二十年。当时韩侂胄掌握实权，轻举妄动，意欲伐金以成就自己的“功名”。而当时南宋朝廷军备废弛，国库空虚，将才难觅，一旦挑起战争，就会兵连祸连，生灵涂炭。词人刘过以垂暮之身，逢此乱局，虽风景不殊，却触目有忧国伤时之恸。这种心境深深地反映到他的词中。上阕以简洁的笔致勾勒出清丽的秋景，烘托气氛，笼罩全篇。下阕借景抒情，流露出感慨时事，抒写出今昔之感和怀才不遇的思想感情。此词一出，“楚中歌者竞唱之”。后人誉为“小令中之工品。”

【注释】

①南楼：指安远楼。②黄鹤断矶：黄鹤矶，在武昌城西，上有黄鹤楼。③浑是：全是。

【练习】

1. 明人李攀龙评论本词道："因黄鹤楼再游而追忆故人不在，遂举目在江山之感，词意何等凄怆！"结合这句话思考，本词主要抒发了作者怎样的思想感情？

____

____

____

2. 近人俞陛云评论本词道："胜地重经，旧情易感，况二十年之久，故友凋零，新愁重叠，人何以堪！结句感喟尤深，章良能所谓旧游可寻（章良能：宋代诗人），而少年心难觅也。"结合这句话思考，本词下阕的结尾二句主要好在哪里？

____

____

____

【积累】

词人小传之二十八：刘过

刘过（1154—1206），字改之，号龙洲道人。南宋文学家。襄阳人，后移居吉州太和（今江西泰和县）。少怀志节，读书论兵，好言古今治乱盛衰之变。曾多次上书朝廷，"屡陈恢复大计，谓中原可一战而取"。为韩侂胄客，不识侂胄之败事，识力远不及辛弃疾。又屡试不第，漫游江、浙等地，依人作客，与陆游、陈亮、辛弃疾等交游。后布衣终身，去世于昆山。有《龙洲集》、《龙洲词》。存词七十余首。

六十八 诉衷情

南宋·陆 游

当年万里觅封侯，匹马戍梁州①。
关河梦断何处②？尘暗旧貂裘。

胡未灭③，鬓先秋，泪空流。
此生谁料，心在天山④，身老沧洲⑤！

【题解】

陆游出生第二年，北宋为金人所灭。陆游青壮年时期一心向往中原，收复失地。四十八岁时曾到西北前线南郑（今陕西汉中），在川陕宣抚使王炎公署里参与军事活动。但是朝廷一味主和苟安，他的理想和愿望只能变成满腔忧愤，在诗词中表露出来。这首词便是陆游晚年退居山阴以后的抒情名篇。词中回顾自己当年在梁州参军，企图为恢复中原、报效祖国建功立业的往事，如今壮志未酬，却已年老体衰，反映了作者晚年悲愤不已，念念不忘国事的愁苦心情。

【注释】

①梁州：古陕西地，此指汉中前线。②关河：此指大散关、渭河一带。③“胡未灭”三句：用《汉书·霍去病传》“匈奴未灭，何以家为”语意。④天山：代指西北边境前线。⑤沧洲：水边陆地，常指隐士居住之地。指陆游退隐所住的镜湖之滨。

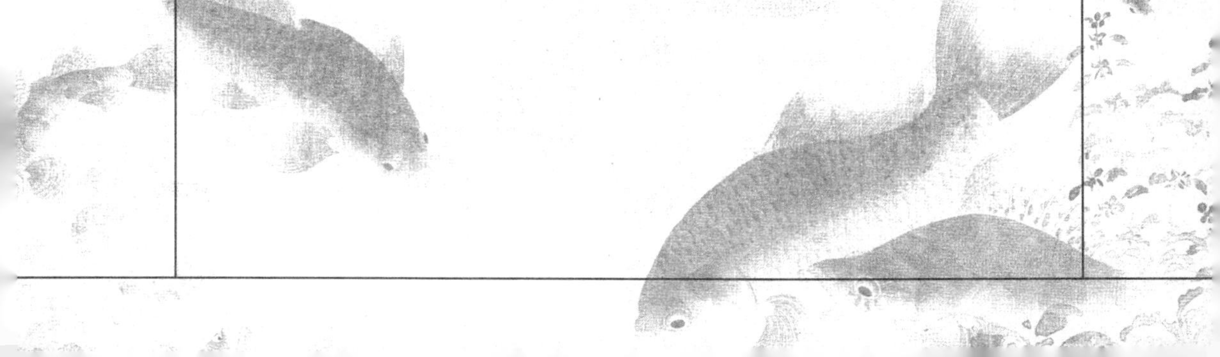

【练习】

1. 宋人刘克庄评论陆游词道："放翁长短句，其激昂感慨者，稼轩不能过（辛弃疾号稼轩）；飘逸高妙者，与陈简斋（陈与义号简斋）、朱希真相颉颃（朱敦儒字希真；颉颃：不相上下）；流离缠绵者，欲出晏叔原（晏几道字叔原）、贺方回之上（贺铸字方回），而歌之者绝少。"结合这句话思考，本词在内容上、风格上和辛弃疾的词有何相似之处？

____

____

____

2. 宋人刘克庄评论陆游词道："放翁、稼轩一扫纤艳，不事斧凿，但时时掉书袋，要是一癖。"结合这句话思考，陆游词在写作手法上有何弊病？在本词中主要表现在哪里？

____

____

____

【积累】

词人小传之二十九：陆游

陆游（1125—1210），字务观，号放翁，南宋越州山阴（今浙江绍兴）人，著名爱国诗人。二十岁时与唐琬结婚，后被其母强行拆散。二十九岁时，赴南宋首都临安（今杭州）应锁厅试，名列第一，因居秦桧孙子之前，又因他不忘国耻"喜论恢复"，竟在复试时被除名。后得夔州（今四川奉节）通判和蜀州、嘉州、荣州代理通判、知州等职。淳熙二年（1175），范成大镇蜀，邀陆游至其幕中任参议官。淳熙十五年，陆游在严州任满，卸职还乡。不久，被召赴临安任军器少监。次年，光宗即位，改任朝议大夫礼部郎中。于是他连上奏章，谏劝朝廷减轻赋税，结果反遭弹劾，以"嘲咏风月"的罪名再度罢官。此后，陆游长期蛰居农村，于嘉定二年与世长辞。现存词共 130 首。

六十九 鹊桥仙·夜闻杜鹃

南宋·陆 游

茅檐人静，蓬窗灯暗①，春晚连江风雨。
林莺巢燕总无声，但月夜、常啼杜宇。

催成清泪，惊残孤梦，又拣深枝飞去。
故山犹自不堪听②，况半世③、飘然羁旅！

【题解】

乾道八年（1172）冬，陆游离开南郑，第二年春天在成都任职，之后又在西川淹留了六年。此词写于这段时间。杜鹃，暮春而鸣。又名杜宇、子规、鹈鴂，蜀人为它编了一个哀凄动人的故事。（《成都记》："望帝死，其魂化为鸟，名曰杜鹃。"）因此，这种鸟的啼鸣常引起人们的许多联想。陆游在成都时的心情本来就不大好，再加上他"夜闻杜鹃"，自然会惊动敏感的心弦而思绪万千了。上阕写夜闻鹃鸣的环境，着重于气氛的渲染。下阕写愁苦情状及内心痛楚。

【注释】

①茅檐、蓬窗：指其简陋的寓所。②故山：故乡。③半世：陆游至成都已是四十九岁，故说半世。

【练习】

1. 清人冯金伯评论本词道："放翁夜闻杜鹃《鹊桥仙》末句云：'故山犹自不堪听，况半世、飘然羁旅。'去国离乡之感，触绪纷来，读之令人於邑（於邑：呜咽。'於'此字古音读 wū）"结合这句话思考，本词主要抒发了作者怎样的思想感情？

____

____

____

2. 清人陈廷焯评论本词道："放翁词，惟《鹊桥仙 · 夜闻杜鹃》一章，借物寓言，较他作为合乎古。"结合这句话思考，本词在写作手法上有什么特色？

____

____

____

3. 清人许昂霄评论本词道："'故山犹自不堪听'，衬垫一句，不唯句法曲折，而意亦更深。"结合这句思考，本词下阕的结尾二句主要好在哪里？

____

____

____

【积累】

杜　宇

杜宇为传说中的古蜀国国王。周代末年，七国称王，杜宇始称帝于蜀，号曰望帝。晚年时，洪水为患，蜀民不得安处，乃使其相鳖灵治水。鳖灵察地形，测水势，疏导宣泄，水患遂平，蜀民安处。杜宇感其治水之功，让帝位于鳖灵，号曰开明。杜宇退而隐居西山，传说死后化作鹃鸟，每年春耕时节，鹃鸟鸣叫，蜀人闻之曰"我望帝魂也"，因呼鹃鸟为杜鹃。杜鹃鸟的别称很多，如"望帝、望帝魂、杜宇、杜魄、蜀王魄、蜀帝魂、古帝魂、蜀鸟、蜀魄、蜀魂、蜀鹃"等，都源于此。而用"望帝啼鹃"比喻冤魂的悲鸣；"杜鹃啼血"、"子规啼血"等指杜鹃鸟的哀鸣，并表哀怨、愁思之意，也由此而来。

〇七十 卜算子·咏梅

南宋·陆 游

驿外断桥边①，寂寞开无主②。
已是黄昏独自愁，更著风和雨③。

无意苦争春，一任群芳妒。
零落成泥碾作尘，只有香如故。

【题解】

这首《卜算子》以“咏梅”为题，亦是以梅花自喻，表达了自己孤高雅洁的志趣。上阕集中写了梅花的困难处境，下阕托梅寄志。陆游一生的政治生涯：早年参加考试被荐送第一，为秦桧所嫉；孝宗时又为龙大渊、曾觌一群小人所排挤；在四川王炎幕府时要经略中原，又见扼于统治集团，不得遂其志；晚年赞成韩侂胄北伐，韩侂胄失败后被诬陷。此词是陆游身世的缩影。词中所写的梅花是他高洁的品格的化身。

【注释】

①驿外：指荒僻之地。驿：驿站。②无主：无人过问。③著：值，遇。

【练习】

1. 明人潘游龙评论本词道：“末二句大为梅誉。”结合这句话思考，本词下阕的结尾二句主要好在哪里？

____

____

____

2. 近人唐圭璋评论本词道:“此首咏梅,取神而不取貌,梅之高格劲节,皆能显志……咏梅即以自喻,与东坡咏鸿同意(指苏轼《卜算子·黄州定惠院寓居作》)。东坡、放翁,固皆忠忱郁勃,念念不忘君国之人也。”结合这段话思考,本词在写作手法上有何特色?主要抒发了作者怎样的思想感情?

____

____

____

【积累】

托 物 言 志

托物言志,间接表现主题思想的方式之一。通过对客观事物的描写或刻画,间接表现出作者的志向、意愿。顾名思义,即将个人之“志”依托在某个具体之“物”上。这个“物”便具有了某种象征意义,成为作者的志趣、意愿或理想的寄托。这样就可以表达得更巧妙、更完美、更充分、更富有感染力。如松、竹、梅“岁寒三友”,常用于表示高洁的志向。采用托物言志,关键是“志”与“物”要有某种相同点或相似点,使物能达意而志为物核。托物言志常借用比拟、象征等手法。

七十一 钗头凤

南宋·陆　游

红酥手①，黄縢酒②。满城春色宫墙柳。
东风恶，欢情薄。一怀愁绪，几年离索③。
错、错、错。

春如旧，人空瘦。泪痕红浥鲛绡透④。
桃花落，闲池阁。山盟虽在，锦书难托⑤。
莫、莫、莫。

【题解】

这首词写的是陆游的爱情悲剧。陆游的原配夫人是同郡唐氏士族的一个大家闺秀，婚后他们“伉俪相得”、“琴瑟甚和”，是一对情投意合的恩爱夫妻。不料陆母却对儿媳产生了厌恶感，逼迫陆游休弃唐氏。后唐氏改嫁“同郡宗子”赵士程，几年以后的一个春日，陆游在家乡山阴（今绍兴市）城南禹迹寺附近的沈园，与偕夫同游的唐氏邂逅相遇。唐氏安排酒肴，聊表对陆游的抚慰之情。陆游见人感事，感触很深，遂乘醉吟赋此词，信笔题于园壁之上。全词记述了词人与唐氏的这次相遇，表达了他们眷恋之深和相思之切，也抒发了词人怨恨愁苦而又难以言状的凄楚心情。

【注释】

①红酥手：形容女性手的柔软光滑细腻。②黄縢酒：宋时官酒上以黄纸封口，又称黄封酒。③离索：离群索居，分离也。④浥（yì）：沾湿。鲛绡：传说鲛人织绡，极薄，后以泛指薄纱。⑤锦书：指书信。

【练习】

1. 清人陈廷焯评论本词道："'山盟虽在，锦书难托，莫莫莫。'放翁伤其妻之作也。'不合画春山，依旧留愁住。'（语出陆游妾《生查子》，见【链接】）放翁妾别放翁词也。前则迫于其母而出其妻，后又迫于后妻而不能庇一妾，何所遭之不偶也。至两词皆不免于怨，而情自可哀。"结合这段话思考，本词主要抒发了作者怎样的思想感情？

____

____

____

2. 对比阅读陆游、唐琬《钗头凤》，说说你更喜欢哪一首？为什么？

____

____

____

【链接】

生查子

南宋 · 陆游妾

只知眉上愁，不识愁来路。窗外有芭蕉，阵阵黄昏雨。

晓起理残妆，整顿教愁去。不合画春山，依旧留愁住。

钗头凤

唐 · 唐琬

世情薄，人情恶，雨送黄昏花易落。
晓风干，泪痕残。欲笺心事，独语斜阑。难，难，难！

人成各，今非昨，病魂常似秋千索。
角声寒，夜阑珊，怕人寻问，咽泪装欢。瞒，瞒，瞒！

七十二 醉花阴

南宋·李清照

薄雾浓云愁永昼①，瑞脑消金兽②。
佳节又重阳，玉枕纱厨③，半夜凉初透。

东篱把酒黄昏后④，有暗香盈袖⑤。
莫道不消魂，帘卷西风，人比黄花瘦⑥。

【题解】

这首词是作者早期和丈夫赵明诚分别之后所写，它通过悲秋伤别来抒写词人的寂寞与相思情怀。上阕写秋凉情景。下阕写重九感怀。元伊士珍《琅环记》记载：“易安以重阳《醉花明》词函致赵明诚。明诚叹赏，自愧弗逮，务欲胜之。一切谢客，忌食忘寝者三日夜，得五十阕，杂易安作以示友人陆德夫。德夫玩之再三，曰：‘只三句绝佳’。明城诘之。答曰：‘莫道不消魂，帘卷西风，人比黄花瘦。’正易安作也。”

【注释】

①永昼：悠长的白天。②瑞脑：即龙脑，香料名。金兽：兽形的铜香炉。③玉枕：瓷枕的美称。纱厨：纱帐，一称碧纱帐。④东篱：陶渊明《饮酒》诗：“采菊东篱下，悠然见南山。”指代赏菊之处。⑤暗香：幽香。指菊花的香气。⑥黄花：指菊花。

【练习】

1. 近人唐圭璋评论本词道："此首情深词苦，古今共赏。尤妙在'莫道'二字唤起，与方回之'试问闲愁都几许'句（方回：贺铸，字方回），正同妙也。"结合这句话思考，本词下阕的结尾三句主要好在哪里？

2. 清人沈祥龙评论本词道："词之用字，务在精择。腐者、哑者、笨者、弱者、粗俗者、生硬者、词中所未经见者，皆不可用，而叶韵字尤宜留意。古人名句，末字必清隽响亮，如'人比黄花瘦'之'瘦'字，'红杏枝头春意闹'之'闹'字皆是，然有同此字而用之善不善，则存乎其人之意与比。"结合这句话思考，本词下阕中的"瘦"字好在哪里？

【积累】

词人小传之三十：李清照

李清照（1084—约 1151），宋代女词人，号易安居士，齐州章丘（今属山东）人。父李格非为当时著名学者，夫赵明诚为金石考据家。早期生活优裕，与赵明诚共同致力于书画金石的搜集整理。金兵入据中原，流寓南方，赵明诚病死，境遇孤苦。所作词，前期多写其悠闲生活，后期多悲叹身世、情调感伤，流露出对中原的怀念。形式上善用白描手法，自辟途径，语言清丽。论词强调协律，崇尚典雅、情致，提出词"别是一家"之说，反对以作诗文之法作词。后人有《漱玉词》辑本。今人有《李清照集校注》。

七十三　一剪梅

南宋·李清照

红藕香残玉簟秋[1]。轻解罗裳[2]，独上兰舟[3]。
云中谁寄锦书来[4]？雁字回时，月满西楼。

花自飘零水自流。一种相思，两处闲愁。
此情无计可消除，才下眉头，却上心头。

【题解】

这首词作于清照和丈夫赵明诚分离之后，寄寓着作者不忍离别的一腔深情，是一首工巧的别情词作。元伊世珍《琅嬛记》卷中载：“易安结婚未久，明诚即负笈远游。易安殊不忍别，觅锦帕书《一剪梅》词以送之。”上阕从秋日独自泛舟出游写到明月高照闺楼，盼望丈夫从远方寄来“锦书”。下阕以花落水流比拟丈夫离开自己以后的寂寞寥落之感，说明彼此伉俪情深，两地相思难以消除。词语浅近，感情深挚，体现了“漱玉词”的艺术风格。

【注释】

①红藕：红色荷花。玉簟：精美的竹席。②罗裳：丝绸制的裙子。③兰舟：即木兰舟，船的美称。④锦书：即锦字回文书，指情书。

【练习】

1. 明人李廷机评论本词道：“此词颇尽离别之情。语意飘逸，令人省目。”结合这句话思考，本词的下阕主要好在哪里？

2. 清人陈廷焯评论本词道："易安佳句，如《一剪梅》起七字云：'红藕香残玉簟秋'，精秀特绝，真不食人间烟火者。"结合这句话思考，本词上阕的首句主要好在哪里？

____

____

____

七十四 凤凰台上忆吹箫

南宋·李清照

香冷金猊①，被翻红浪②，起来慵自梳头。
任宝奁尘满③，日上帘钩。
生怕离怀别苦，多少事、欲说还休。
新来瘦，非干病酒，不是悲秋。

休休，这回去也，千万遍《阳关》④，也则难留。
念武陵人远⑤，烟锁秦楼⑥。
惟有楼前流水，应念我、终日凝眸。
凝眸处，从今又添，一段新愁。

【题解】

这首词概作于词人婚后不久，赵明诚离家远游之际，写出了她对丈夫的深情思念。上阕俱写离别前情景。下阕先是接写去者难离之苦，然后用一“念”字领起，设想别后情形。全词曲折婉转，满篇情至之语，一片肺腑之言。

【注释】

①金猊：狮形铜香炉。②红浪：红色被铺乱摊在床上，有如波浪。③宝奁：华贵的梳妆镜匣。④阳关：语出《阳关三叠》，是唐宋时的送别曲。⑤武陵人远：引用陶渊明《桃花源记》中，武陵渔人误入桃花源，离开后再去便找不到路径了。⑥秦楼：即凤台，是秦穆公女儿弄玉与仙人萧史飞升前所住的地方。借指词人自己的居处，并与《凤凰台上忆吹箫》这一词调相扣合。

【练习】

1. 明人李廷机评论本词道："宛转见离情别意，思致巧成。"结合这句话思考，本词主要抒发了作者怎样的思想感情？

2. 近人钱钟书评论本词道："李清照《凤凰台上忆吹箫》：'新来瘦，非干病酒，不是悲秋。'最为警拔。李词不言瘦之缘由，而言病酒、悲秋皆非瘦之缘由，如禅宗所谓无'表言'而只'遮言'，名学推理所谓排除法，以二非逼出一是来，却又不明道是何，说而不说，不说而说。"结合这句话思考,本词上阕的结尾三句主要好在哪里？

3. 清人王又华评论本词道："词虽小道，第一要辨雅俗。结构天成，而中有艳语、隽语、奇语、豪语、苦语、痴语、没要紧语，如巧匠运斤，毫无痕迹，方为妙手。古词中如'惟有楼前流水，应念我，终日凝眸'，痴语也。"结合这句话思考，本词下阕的"惟有"句主要好在哪里？

七十五 武陵春

南宋·李清照

风住尘香花已尽①，日晚倦梳头。
物是人非事事休②，欲语泪先流。

闻说双溪春尚好③，也拟泛轻舟。
只恐双溪舴艋舟④，载不动许多愁。

【题解】

此系词人避乱金华时所作。她历尽离乱之苦，词情极为悲戚。上阕极言眼前景物之不堪，心情之凄苦。下阕表现悲愁之深重。全词充满“物是人非事事休”的痛苦，表现了她的故国之思。全词构思新颖，想象丰富，新颖奇巧，深沉哀婉，遂为绝唱。

【注释】

①尘香：落花化为尘土，而芳香犹在。②物是人非：风物依旧，人事却已不同。事事休：一切事情都完了。③双溪：浙江金华的一条河。东港、西港二水流至金华汇合，称婺港，又称双溪，游览胜地。舴艋（zé měng）舟：形似舴蜢的小船。

【练习】

1. 近人梁令娴评论本词道：“按此盖感愤时事之作。”你是否同意她对本词主题的分析，为什么？

____

____

____

2. 清人王士禛评论本词道："'载不动许多愁'与'载取暮愁归去'、'只载一船离恨向西州'，正可互观。'双桨别离船，驾起一天烦恼'，不免径露矣。"结合这句话思考，本词下阕的结尾二句主要好在哪里？

____

____

____

七十六 声声慢

南宋·李清照

寻寻觅觅，冷冷清清，凄凄惨惨戚戚。
乍暖还寒时候，最难将息①。
三杯两盏淡酒，怎敌他，晚来风急？
雁过也，正伤心，却是旧时相识。

满地黄花堆积，憔悴损，如今有谁堪摘？
守着窗儿，独自怎生得黑②？
梧桐更兼细雨，到黄昏，点点滴滴。
这次第③，怎一个愁字了得！

【题解】

这是李清照南渡以后一首震动词坛的名作。通过秋景秋情的描绘，抒发国破家亡、天涯沦落的悲苦，具有时代色彩。在结构上打破了上下阕的局限，全词一气贯注，着意渲染愁情，如泣如诉，感人至深。首句连下十四个叠字,形象地抒写了作者的心情。下文“点点滴滴”又前后照应，表现了作者孤独寂寞的忧郁情绪和动荡不安的心境。全词一字一泪，缠绵哀怨，极富艺术感染力。

【注释】

①将息：将养休息。②怎生：怎样，怎么。③这次第：这一连串的情况。

【练习】

1. 近人刘永济评论本词道："一个愁字不能了，故有十四叠字，十四个叠字不能了，故有全首。总有生活痛苦，不能不吐而出之，绝非无此生活而凭空想写作可比也。"结合这句话思考，本词主要抒发了作者怎样的思想感情？

2. 清人梁绍壬评论本词道："李易安词'寻寻觅觅，冷冷清清，凄凄惨惨戚戚'，连上十四叠字，则出奇制胜，真匪夷所思矣。"结合这句话思考，本词上阕的开头三句主要好在哪里？

3. 清人陆昶评论本词道："《声声慢》一阕，其佳处在后又下'点点滴滴'四字，与前照应有法，不是草草落句，玩其笔力，本自矫拔，词家少有，庶几苏、辛之亚。"结合这句话思考，本词下阕主要好在哪里？

【积累】

叠　词

叠词是指词和词常常可以连起来用。叠字在诗词创作中独具魅力，其特殊功能主要表现在如下几个方面。一是形象性。诗中叠字运用得恰到好处，可使所描绘的自然景色或人物特征更加形象。如韦应物《赋得暮雨送李胄》的“漠漠帆来重，冥冥鸟去迟”。二是确切性。叠字既可以摹声，又可以摹色，达到摹状的修辞效果，使表达的意象更加确切。如杜甫《登高》中“无边落木萧萧下，不尽长江滚滚来”。三是音乐性。叠字可使诗的音律和谐，读起来，朗朗上口；听起来，声声悦耳。如白居易的《琵琶行》中的“大弦嘈嘈如急雨，小弦切切如私语”。运用叠词，不仅在形式上增添了语言的韵律美，而且在内容上更丰富了语言的涵义，有强调的作用，一箭双雕，常被古代诗人使用。

七十七 蝶恋花·送春

南宋·朱淑真

楼外垂杨千万缕。欲系青春，少住春还去。
犹自风前飘柳絮，随春且看归何处。

绿满山川闻杜宇①。便作无情、莫也愁人苦。
把酒送春春不语，黄昏却下潇潇雨。

【题解】

朱淑真是一位才貌出众、善绘画、通音律、工诗词的才女，但她的婚姻很不美满，婚后抑郁寡欢，故诗词中“多忧愁怨恨之语”。这是一首惜春词。词人把赏春、恋春、留春、惜春、无可奈何中的送春以至怨春，一系列复杂的心里历程和行为轨迹循序渐进地组织在由远到近、从白日到昏夜的时空推进之中，而且感情由热望到激越再到沉郁终至绵缈，给人以缜密而又清朗的审美感受。

【注释】

①杜宇：指代杜鹃鸟。

【练习】

1. 清人沈际飞评论本词道：“满怀妙趣，成片里出。体物无间之言，淡情深感。”结合这句话思考，本词主要抒发了作者怎样的思想感情？

2. 清人陆昶评论本词道：“淑真诗好，词不如诗。爱其‘黄昏却下潇潇雨’句，又词好于诗也。”结合这句话思考，本词下阕的结尾一句主要好在哪里？

【积累】

词人小传之三十一：朱淑真

朱淑真（约 1135—约 1180），号幽栖居士，钱塘（今浙江杭州）人。宋女作家。祖籍歙州（州治今安徽歙县），南宋初年时在世。生于仕宦家庭，相传因婚嫁不满，抑郁而终。能画，通音律。词多幽怨，流于感伤。也能诗。有诗集《断肠集》、词集《断肠词》。《断肠集》有宋郑元佐注本。

七十八 菩萨蛮·咏梅

南宋·朱淑真

湿云不渡溪桥冷。嫩寒初破东风影[①]。
溪下水声长，一枝和月香。

人怜花似旧，花不知人瘦。
独自倚阑干，夜深花正寒。

【题解】

这首《咏梅》词是体现朱淑真“清新婉丽、蓄思含情”（宋代魏端礼评语）之优秀风格的代表作。上阕，先为“梅花”之出场刻画了一个特定的典型环境。下阕，由梅花转至词人，着重写词人对梅花——借以对人世的执著情怀和幽怨心绪。

【注释】

①嫩寒：轻寒。

【练习】

1. 清人沈际飞评论本词道：“‘人’、‘花’二句伤神。”结合这句话思考，本词下阕的开头二句在全词中有何表达作用？

____

____

____

2. 清人潘游龙评论本词道：“咏梅词之灵慧，当推此为第一，而更喜其不犯一梅事。”结合这句话思考，本词作为一首咏物词，主要好在哪里？

七十九 扬州慢

南宋·姜 夔

淳熙丙申至日,予过维扬。夜雪初霁,荠麦弥望。入其城则四顾萧条,寒水自碧,暮色渐起,戍角悲吟。予怀怆然,感慨今昔,因自度此曲。千岩老人以为有《黍离》之悲也。

淮左名都①,竹西佳处②,解鞍少驻初程。
过春风十里③,尽荠麦青青。
自胡马窥江去后④,废池乔木⑤,犹厌言兵。
渐黄昏、清角吹寒⑥,都在空城。

杜郎俊赏⑦,算而今、重到须惊。
纵豆蔻词工⑧,青楼梦好⑨,难赋深情。
二十四桥仍在⑩,波心荡、冷月无声。
念桥边红药⑪,年年知为谁生。

【题解】

此词作于宋孝宗淳熙三年(1176),时作者二十余岁。宋高宗绍兴三十一年(1161),金完颜亮南侵,江淮军败,中外震骇。亮不久在瓜州为其臣下所杀。作者过扬州时,有感而作此词。南宋诗人萧德藻,字东夫,自号千岩老人。姜夔曾跟他学诗,又是他的侄女婿。《黍离》为《诗经·王风》篇名。周平王东迁后,周大夫经过西周故都见"宗室宫庙,尽为禾黍",遂赋《黍离》诗志哀。后世即用"黍离"来表示亡国之痛。本词上阕纪行,下阕志感,以昔日扬州的繁华同眼前战后的衰败相比,以抒今昔之感,同时也借以自述心情。

【注释】

①淮左：淮东。扬州是宋代淮南东路的首府，故称“淮左名都”。②竹西佳处：杜牧《题扬州禅智寺》诗：“谁知竹西路，歌吹是扬州。”宋人于此筑竹西亭。此指扬州。③春风十里：杜牧《赠别》诗：“春风十里扬州路，卷上珠帘总不如。”这里用以借指扬州。④胡马窥江：指 1161 年金主完颜亮南侵，攻破扬州，直抵长江边的瓜洲渡，到淳熙三年姜夔过扬州已十六年。⑤废池：废毁的池台。乔木：残存的古树。二者都是乱后余物，表明城中荒芜，人烟萧条。⑥清角：凄清的号角声。⑦杜郎：杜牧。唐文宗大和七年到九年，杜牧在扬州任淮南节度使掌书记。俊赏：俊逸清赏。⑧豆蔻：形容少女美艳。豆蔻词工：杜牧《赠别》：“娉娉袅袅十三余，豆蔻梢头二月初。”⑨青楼：妓院。青楼梦好：杜牧《遣怀》诗：“十年一觉扬州梦，赢得青楼薄幸名。” ⑩二十四桥：杜牧《寄扬州韩绰判官》诗：“二十四桥明月夜，玉人何处教吹箫。”二十四桥，唐时扬州城内有桥二十四座，皆为可纪之名胜。见沈括《梦溪笔谈 · 补笔谈》。⑪ 红药：芍药。

【练习】

1. 清人陈廷焯评论本词道：“‘自胡马窥江去后’数语，写兵燹后情景逼真（兵燹：兵火）。‘犹厌言兵’四字，包括无限伤乱语。他人累千万语，亦无此韵味。”结合这句话思考，本词上阕的“自胡马窥江去后”在全词中有何表达作用？

2. 近人俞陛云评论本词道：“下阕过扬州者，以杜牧文词最为显著，因以自况，言百感填膺，非笔墨所能罄。”结合这句话思考，本词下阕多次引用杜牧诗句，主要有何用意？

3. 近人吴世昌评论本词道："白石此词全首重点在'都在空城'。清角吹寒，也是白费，因城中已无人听，吹寒吹暖更有何人领略乎？上句'犹厌言兵'，犹笼统言之耳。"结合这句话思考，本词上阕的结尾"犹厌言兵"四字在全词中有何表达作用？

______

______

______

4. 清人先著评论本词道："'二十四桥仍在，波心荡、冷月无声'，是'荡'字着力。所谓一字得力，通首光彩，非炼字不能，然炼变亦未易到。'水'、'桥'、'月'点明今昔情景的不同。"结合这句话思考，本词下阕的"二十四桥"句主要好在哪里？

______

______

______

【积累】

词人小传之三十二：姜夔

姜夔（1155—1221），字尧章，号白石道人，南宋词人、音乐家。饶州鄱阳（今江西鄱阳）人。在他所处的时代，南宋王朝和金朝南北对峙，战争的灾难和人民的痛苦使他感到痛心，但他由于幕僚清客生涯的局限，虽然为此也发出过激昂的呼声，而凄凉的心情却表现在一生的大部分文学和音乐创作里。庆元中，曾上书乞正太常雅乐。一生布衣，靠卖字和朋友接济为生。他多才多艺，精通音律，能自度曲，其词格律严密。其作品素以空灵含蓄著称。有《白石道人歌曲》。

○八十 暗香

南宋·姜　夔

辛亥之冬，余载雪诣石湖。止既月，授简索句，且征新声，作此两曲，石湖把玩不已，使二妓肄习之，音节谐婉，乃名之曰《暗香》、《疏影》。

旧时月色，算几番照我，梅边吹笛。
唤起玉人，不管清寒与攀摘。
何逊而今渐老[1]，都忘却春风词笔。
但怪得竹外疏花[2]，香冷入瑶席[3]。

江国，正寂寂，叹寄与路遥，夜雪初积。
翠尊易泣[4]，红萼无言耿相忆[5]。
长记曾携手处，千树压[6]西湖寒碧。
又片片、吹尽也，几时见得？

【题解】

《暗香》《疏影》是姜白石自创的曲调，这两首词是咏梅的，得名于北宋诗人林和靖的咏梅诗："疏影横斜水清浅，暗香浮动月黄昏。"辛亥之冬，是南宋光宗的绍熙二年，即 1191 年。当时姜夔大概四十上下。石湖就是诗人范成大。姜夔在他家中做门客。此词咏梅怀人，思今念往，寄寓了个人身世飘零和昔盛今衰的慨叹。全词以婉曲的笔法，咏物而不滞于物，言情而不拘于情；物中有情，情中寓物。情思绵邈，意味隽永。宋人张炎评之曰："词之赋梅，惟姜白石《暗香》、《疏影》二曲，前无古人，后无来者，自立新意，真为绝唱。"

【注释】

①何逊：南朝梁诗人，早年曾任南平王萧伟的记室。任扬州法曹时，廨舍有梅花一株，常吟咏其下。后居洛思之，请再往。抵扬州，花方盛片，逊对树彷徨终日。杜甫诗“东阁官梅动诗兴，还如何逊在扬州”。②但怪得：惊异。③瑶席：形容华美的席面。一说指用瑶草编成的席子。④翠尊：翠绿酒杯，这里指酒。⑤红萼：指梅花。耿：耿然于心，不能忘怀。⑥千树：杭州西湖孤山的梅花成林。

【练习】

1. 清人宋翔凤评论本词道：“词家之有姜石帚，犹诗家之有杜少陵，继往开来，文中关键。其流落江湖，不忘君国，皆借托比兴于长短句以寄之。如《齐天乐》，伤二帝北狩也；《扬州慢》，惜无意恢复也；《暗香》、《疏影》，恨偏安也。”你是否同意他对本词主题的分析？谈谈你的观点。

2. 清人陈廷焯评论本词道：“南渡以后，国势日非。白石目击心伤，多于词中寄慨。不独《暗香》、《疏影》二章，发二帝之幽愤，伤在位之无人也。特感慨全在虚处，无迹可寻，人自不察耳。感慨时事，发为诗歌，便已力据上游，特不宜说破，只可用比兴体。即比兴中，亦须含蓄不露，斯为沉郁，斯为忠厚。”结合这段话思考，本词在写作手法上有何特色？

3. 清人先著评论本词道：“咏梅嫌纯是素色，故用‘红萼’字，此谓之破色笔。又恐突然，故先出‘翠尊’字配之；说来甚浅，然大家亦不外此，用意之妙，总使人不觉，则烹锻之功也。”结合这句话思考，本词下阕在遣词造句上主要好在哪里？

八十一　疏影

南宋·姜　夔

苔枝缀玉①，有翠禽小小，枝上同宿②。
客里相逢，篱角黄昏，无言自倚修竹。
昭君不惯胡沙远③，但暗忆、江南江北。
想佩环、月夜归来，化作此花幽独。

犹记深宫旧事，那人正睡里，飞近蛾绿④。
莫似春风，不管盈盈，早与安排金屋⑤。
还教一片随波去，又却怨、玉龙哀曲⑥。
等恁时、重觅幽香，已入小窗横幅⑦。

【题解】

本篇作于宋光宗绍熙二年（1191）。是年冬，作者造访范成大，应主人之请而谱新声。这是一首梅花的赞歌，又是一首梅花的咏叹调。全词用典虽多，但熔铸绝妙，运气空灵，变化虚实，十分自如。篇中善用虚字，曲折动荡，摇曳多姿。

【注释】

①苔枝缀玉：范成大《梅谱》说绍兴、吴兴一带的古梅“苔须垂于枝间，或长数寸，风至，绿丝飘飘可玩”。②“有翠禽”二句：用罗浮之梦典故。旧题柳宗元《龙城录》载，隋代赵师侠游罗浮山，夜梦与一素妆女子共饭，女子芳香袭人。又有一绿衣童子，笑歌欢舞。赵醒来，发现自己躺在一株大梅树下，树上有翠鸟欢鸣，见“月落参横，但惆怅而已”。③“昭君”句：杜甫《咏怀古迹》五首其三：“一去紫台连朔漠，独留青冢向黄昏。画图省识春风雨，环佩空归夜月魂。”

王建《塞上咏梅》诗："天山路边在株梅，年年花发黄云下。昭君已没汉使回，前后征人谁系马？"④"犹记"三句：用寿阳公主事。《太平御览》云："宋武帝女寿阳公主日卧于含章殿檐下，梅花落公主额上，成五出花，拂之不去。皇后留之，看得几时。经三日，洗之乃落。宫女奇其异，竟效之，今梅花妆是也。"⑤安排金屋：《汉武故事》载武帝小时对姑母说："若得阿娇作妇，当作金屋贮之。"⑥玉龙：即玉笛。哀曲：指笛曲《梅花落》。⑦小窗横幅：陈与义《水墨梅》诗："晴窗画出横斜枝，绝胜前村夜雪时。"此翻用其意。

【练习】

1. 清人郑文焯评论本词道："此盖伤心二帝蒙尘，诸后妃相从北辕，沦落胡地，故以昭君托验，发言哀断。考唐王建《塞上咏梅》诗曰：'天山路旁一株梅，年年花发黄云下。昭君已没汉使回，前后征人谁系马？'白石词意当本此。"你是否同意他对本词主题的分析？请谈谈你的看法。

2. 宋人张炎评论本词道："词要清空，不要质实；清空则古雅峭拔，质实则凝涩晦昧。姜白石词如野云孤飞，去留无迹。……如《疏影》、《暗香》、《扬州慢》等曲，不惟清空，又且骚雅，读之使人神观飞越。"结合这句话思考，本词在风格上有何特色？

3. 清人周济评论本词道："此词以'相逢'、'化作'、'莫似'六字作骨。不能换留，听其自为盛衰。"结合这句话思考，本词在语言上有何特色？

八十二 双双燕·咏燕

南宋·史达祖

过春社了①，度帘幕中间，去年尘冷。
差池欲住②，试入旧巢相并。
还相雕梁藻井③，又软语商量不定④。
飘然快拂花梢，翠尾分开红影⑤。

芳径。芹泥雨润⑥，爱贴地争飞，竞夸轻俊。
红楼归晚⑦，看足柳昏花暝。
应自栖香正稳，便忘了、天涯芳信。
愁损翠黛双蛾，日日画阑独凭。

【题解】

这首词对燕子的描写极为精彩。通篇不出“燕”字，而句句写燕，极妍尽态，神形毕肖，而又不觉繁复。它成功地刻画了燕子双栖双宿恩爱羡人的优美形象，把燕子拟人化的同时，描写它们的动态与神情，处处力求符合燕子的特征，达到了形神俱似的地步，把燕子写活了。这首词有环奇警迈之长，不愧为咏物词之上品。

【注释】

①春社：古俗，农村于立春后、清明前祭神祈福，称为春社。②差池：燕子飞行时，有先有后，尾翼舒张貌。《诗经 · 风 · 燕燕》“燕燕于飞，差池其羽。”③相（xiàng）：端看、仔细看。雕梁：雕有或绘有图案的屋梁。藻井：用彩色图案装饰的天花板，形状似井栏，故称藻井。④软语：燕子的呢喃声。⑤翠尾：燕尾。红影：花影。⑥芹泥：水边长芹草的泥土。⑦红楼：富贵人家所居处。⑧翠黛双峨：指闺中少妇。

【练习】

1. 清人俞陛云评论本词道："归来社燕，回忆去年，题前着笔，便留旋转之地。巢痕重拂，犹征人之返故居，咏燕亦隐含人事。"结合这句话思考，本词作为一首咏物词，蕴含了什么深意？

2. 明人王世贞评论本词道："史邦卿《题燕》曰：'差池欲往，试入旧巢相并。还相雕梁藻井。又软语、商量不定。'可谓极形容之妙。"结合这句话思考，本词上阕的"差池欲往"数句主要好在哪里？

3. 近人刘永济评论本词道："'应自'下四句，则从闺人望燕之情作结。全词自此四句以前，皆细细描绘燕子之词，观其'看其柳足花瞑'句，言外盖有所指。考史为韩侂胄中书省吏，凡韩有所作为，史无不知者，其间不少昏瞑之事，皆所看足者。史虽看足韩之昏瞑，而不早引退，卒之韩败，史亦遭黥面之辱。后人论此词者，特赏其'柳昏花瞑'四字，非无故也。"你是否同意他对本词中"柳昏花瞑"四字的分析，为什么？

【积累】

词人小传之三十三：史达祖

史达祖（1163—1220？），字邦卿，号梅溪，汴（今河南开封）人。南宋词人。一生未中第，早年任过幕僚。韩侂胄当国时，他是最亲信的堂吏，负责撰拟文书。韩败，史受黥刑，死于贫困中。史词以咏物为长，其中不乏身世之感。他还在宁宗朝北行使金，其北行词，充满了沉痛的家国之感。有《梅溪词》。存词 112 首。

八十三 八声甘州·灵岩陪庾幕诸公游

南宋·吴文英

渺空烟四远，是何年、青天坠长星？
幻苍崖云树，名娃金屋①，残霸宫城②。
箭径酸风射眼③，腻水染花腥。
时靸双鸳响④，廊叶秋声⑤。

宫里吴王沉醉，倩五湖倦客⑥，独钓醒醒。
问苍波无语，华发奈山青。
水涵空、阑干高处，送乱鸦、斜日落渔汀。
连呼酒、上琴台去⑦，秋与云平。

【题解】

这首词是作者游苏州灵岩山时所作。灵岩，又名石鼓山，在苏州市西南的木渎镇西北。山顶有灵岩寺，相传为吴王夫差所建馆娃宫遗址。庾幕：幕府僚属的美称。此指苏州仓台幕府。此词全篇以一“幻”字为眼目，而借吴越争霸的往事以写其满眼兴亡、一腔悲慨之感。全篇由此字生发，笔如波谲云诡，令人莫测神思；复如游龙夭矫，以常情俗致而绳其文采者，瞠目而称怪矣。

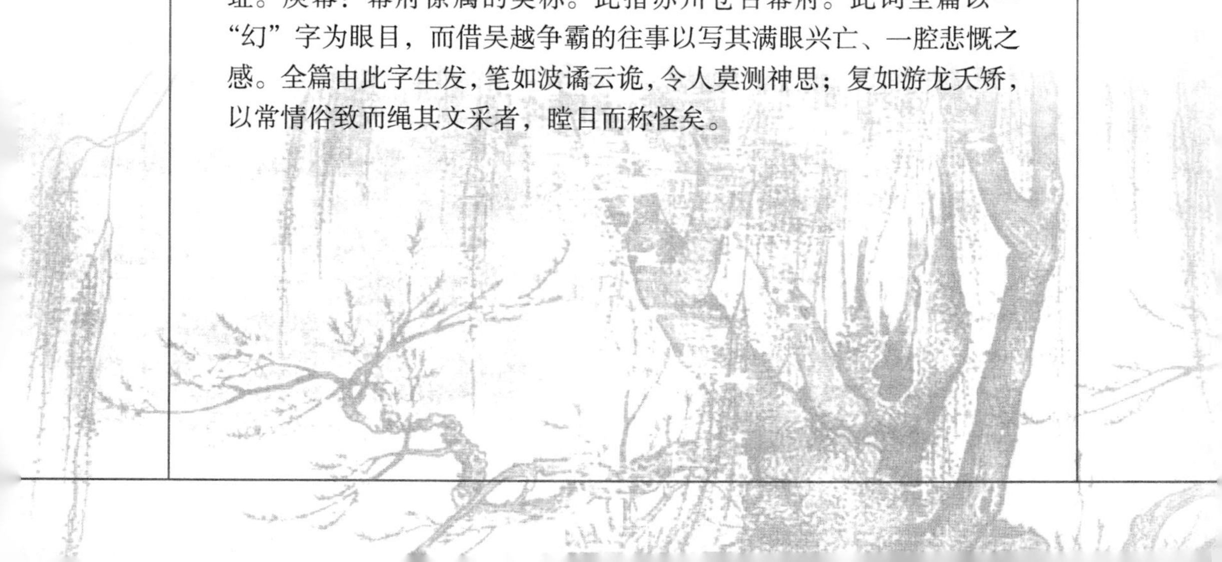

【注释】

①名娃：指西施。金屋：用汉武帝金屋藏娇典故。②残霸：指吴王夫差，他曾先后破越败齐，争霸中原，后为越王勾践所败，身死国灭，霸业有始无终。③箭径：指采香泾，乃吴王宫女采集香料之处，一水其直如箭，故又名箭泾，泾亦读去声，作“径”，形误。④时靸（sǎ）：拖鞋。双鸳：鸳鸯履，女鞋。⑤廊：指响屧廊，相传吴王筑此廊，令足底木空声彻，西施着木屧行经廊上，辄生妙响。⑥五湖倦客：指范蠡。⑦琴台：在灵岩山上。

【练习】

1. 清人陈洵评论本词道：“（本词下阕）‘苍波’承‘五湖’，‘山青’承‘宫里’，独醒无语，沉醉奈何，是此词最沉痛处，今更为推进之，盖惜夫差之受欺越王也。长颈之毒（长颈：指越王勾践，其人长颈鸟喙，范蠡谓其可共患难，不可共富贵），蠡知而王不知，则王醉而蠡醒矣。女真之猾，甚于勾践；北狩之辱（指徽、钦二宗被女真人俘虏至北方事），奇于甬东（甬东：越地，会稽句章县东海中洲也。越灭吴，请使吴王居于此。）；五国城之崩（徽钦二宗被囚禁于五国城，在今依兰县），酷于卑犹位（卑犹位：地名，夫差被葬于此）；遗民之凭吊，异于鸱夷之逍遥（鸱夷：指范蠡，号鸱夷子皮）。而游艮岳（艮岳：为宋徽宗所建之宫殿，初名万岁山）、幸樊楼者（樊楼：是北宋东京最繁华的一家酒楼，宋徽宗曾亲临此楼，并留下一段与李师师相会的佳话），乃荒于吴宫之沉湎。北宋已矣，南渡宴安，又将岌岌，五湖倦客，今复何人？一‘倩’字，有众人皆醉意。不知当时庾幕诸公，何以对此？”结合这句话思考，本词主要表达了作者怎样的思想感情？

____

____

____

2. 宋人张炎评论本词道：“词中句法，要平妥精粹。一曲之中，安能句句高妙？只要拍搭衬副得去（拍搭衬副：指词语搭配得当），于好发挥笔力处，极要用工，不可轻易放过，读之使人击节可也。如吴梦窗登灵岩云：‘连呼酒，上琴台去，秋与云平。’”结合这句话思考，本词下阕的结尾主要好在哪里？

【积累】

词人小传之三十四：吴文英

吴文英（约1212—约1272），字君特，号梦窗，晚号觉翁。原出翁姓，后出嗣吴氏。四明（今浙江宁波鄞州）人。南宋著名词人。一生未第，游幕终身。于苏州、杭州、越州三地居留最久，并以苏州为中心，北上到过淮安、镇江，苏杭道中又历经吴江、无锡，及茹霅二溪。游踪所至，每有题咏。晚年一度客居越州，先后为浙东安抚使吴潜及嗣荣王赵与芮门下客。知音律，能自度曲。词名极重，以绵丽为尚，思深语丽，多从李贺诗中来。有《梦窗词》三百四十多首传世。

八十四 三姝媚·过都城旧居有感

南宋·吴文英

湖山经醉惯[1]，渍春衫[2]、啼痕酒痕无限。
又客长安[3]，叹断襟零袂[4]，涴尘谁浣[5]？
紫曲门荒[6]，沿败井、风摇青蔓。
对语东邻，犹是曾巢，谢堂双燕[7]。

春梦人间须断，但怪得、当年梦缘能短[8]！
绣屋秦筝[9]，傍海棠偏爱，夜深开宴。
舞歇歌沉，花未减、红颜先变。
伫久河桥欲去，斜阳泪满。

【题解】

吴文英在杭州居时曾纳一妾，能歌善舞，相爱甚深，不幸别后不久去世。这首词为重过旧居时的悼亡之作，是悼念其杭州亡妾的。上阕描写重游旧地所见的凋零景象，下阕追忆往昔生活的欢乐幸福，在对比中抒发感时伤世之哀悼，突出感伤失落的情怀。此词有两条抒情线索：一条是词人的私情，即忆姬之情；另一条是表现当时国人的公愤，即亡国之惧。把个人的身世之感与对国家盛衰存亡的关心结合起来，正是这首词的特色。此词通篇布局细密连贯，前以湖山开头，后以河桥收束，词笔细腻，端如贯珠，极尽才人之能事。

【注释】

①湖山：指西湖及湖边的高山。②渍：沾染。③长安：借代南宋都城临安。④断襟零袂：指衣服破碎。襟：衣领。袂：衣袖。⑤涴：污染，玷污。⑥紫曲：指妓女所居的坊曲。⑦谢堂双燕：化用刘禹锡《乌衣巷》诗句。⑧能：恁，这样，如此。⑨秦筝：古弦乐器名，相传为秦人蒙恬所改制，故名秦筝。

【练习】

1. 近人刘永济评论本词道：“统观全词，所谓旧居，实乃旧欢所居，故前曰‘紫曲’，后曰‘绣屋’。旧日游乐之地，转瞬荒凉，则今日都城，亦远非昔时繁盛可知。因小见大，国事日非，兵祸连结，御侮无人，危亡可念，俱在其中矣。”结合这句话思考，本词主要抒发了作者怎样的思想感情？

2. 清人周尔墉评论本词道：“伤心哉此言！读一‘须’字，一‘能’字，入破之音（入破：唐宋大曲术语。大曲十余遍，分散序、中序、破三大段。入破即为破之第一遍。宋李上交《近事会元》卷四云‘其曲之遍击声处，名入破’。亦借指乐声骤变为繁碎之音）。”结合这句话思考，本词下阕的首句主要好在哪里？

八十五 风入松·春晚感怀

南宋·吴文英

听风听雨过清明，愁草瘗花铭[①]。
楼前绿暗分携路[②]，一丝柳，一寸柔情。
料峭春寒中酒[③]，交加晓梦啼莺[④]。

西园日日扫林亭，依旧赏新晴。
黄蜂频扑秋千索[⑤]，有当时、纤手香凝。
惆怅双鸳不到[⑥]，幽阶一夜苔生。

【题解】

这是西园怀人之作。西园在吴地，是梦窗和情人的寓所，二人亦在此分手，所以西园诚是悲欢交织之地。梦窗在此中常提到此地，可见此地实乃梦萦魂绕之地。这也是一首伤春之作。全词以“愁”字贯穿，上阕写风雨凄迷时怀人之愁，风声雨声，落英缤纷，杨柳依依，啼莺惊梦，无一不交织着离愁。下阕写风雨新晴后怀人之愁，西园林亭，幽阶苔生，秋千依旧，纤手无踪，无一不满蕴着惆怅。本词语言虽然炼字精粹，但无斧凿痕，正如周尔墉所说：“刻画中见天然。”（《绝妙好词》）此词风格清疏蕴藉，陈廷倬说：“情深而语极纯雅。”（《白雨斋词话》）此乃极为精当之评。

【注释】

①草：草写，初创。瘗花铭：指悼念花的文字。“瘗（yì）”是埋葬。《瘗花铭》是原来庾信的作品，到宋朝的时候还有，现已经失传。②绿暗：指树阴浓密。分携路：分手的地方。③料峭：形容春天的微寒。中酒：醉酒。④交加：形容杂乱。⑤秋千索：系秋千的绳索。⑥双鸳：鞋上绣有鸳鸯，指女子鞋，此处代指女子。

【练习】

1. 近人陈匪石评论本词道："'瘗花'是清明风雨中事。瘗之情已深，铭之情更深；因草铭而愁，情益深一层矣。所以然者，'瘗花'正'绿暗'之时，'楼前'是'分携'之路，全篇之眼即在此'分携'二字中。柳一丝，情一寸，极悱恻缠绵之致，极伤离惜别之心。"结合这句话思考，本词主要抒发了作者怎样的思想感情？

2. 近人俞陛云评论本词道："'丝柳'七字写情而兼言别，极深婉之思。起笔不遽言送别，而伤春惜花，以闲雅之笔引起愁思，是词手高处。"结合这句话思考，本词上阕的开头主要好在哪里？

3. 近人谭献评论本词道："此是梦窗极经意词，有五季遗响（五季：五代）。'黄蜂'二句，是痴语，是深语。"结合这句话思考，本词下阕的"黄蜂"二句主要好在哪里？

八十六 唐多令·惜别

南宋·吴文英

何处合成愁？离人心上秋①。
纵芭蕉不雨也飕飕。
都道晚凉天气好；有明月、怕登楼。

年事梦中休。花空烟水流。
燕辞归、客尚淹留②。
垂柳不萦裙带住，漫长是、系行舟。

【题解】

从词题看，所写的内容是与一位友人的惜别。时值清秋季节，词人愁绪满怀地与朋友作别。上阕是就眼前之景抒发离别之愁。下阕拓宽一步，展示自己的心灵背景和深层意绪。全词字句不事雕琢，自然浑成，在吴词中为别调。

【注释】

①心上秋：从字面看，"愁"字是由"秋心"二字拼合而成，所以处近于字谜游戏。②淹留：长期逗留，羁留。

【练习】

1. 本词题为"惜别"，在词中找出作者"点题"（即描写离别）的词语或句子。

____

____

____

2. 近人刘永济评论本词道："此词首句，只是小巧，无甚深意，与山谷'门里安心'为'闷'字、'女边著子'为'好'字（山谷：黄庭坚），少游'一钩残月带三星'为'心'字（少游：秦观），同一游戏之笔。"结合这句话思考，本词上阕的首句主要好在哪里？

八十七 高阳台·落梅

南宋·吴文英

宫粉雕痕，仙云堕影[1]，无人野水荒湾。
古石埋香[2]，金沙锁骨连环[3]。
南楼不恨吹横笛[4]，恨晓风、千里关山。
半飘零，庭上黄昏，月冷阑干。

寿阳空理愁鸾[5]。问谁调玉髓，暗补香瘢[6]？
细雨归鸿，孤山无限春寒[7]。
离魂难倩招清些，梦缟衣[8]、解佩溪边[9]。
最愁人，啼鸟晴明，叶底青圆[10]。

【题解】

此词赋落梅。吴文英在苏州时曾纳一妾，后遣去；居于杭州时又纳一妾，后亡故。联系作者的这些经历，不难看出，这篇吊梅词文实是包含了作者执著深沉的感旧追思之情的怀人咏物词。本词上阕抒写梅花飘落在野水荒湾而引起的哀婉之情，下阕化用寿阳公主梅花妆及江妃解佩典故，为逝去离魂唱出招魂曲，同时寄寓着悼念惋惜的深意。其中也寄托了伤逝怀还的感情。

【注释】

①宫粉：宫中粉黛，借喻梅花。仙云：状梅花飘落姿影。②古石埋香：原指美人死去。此处喻指落梅。③金沙句：李复言《续玄怪录·延州妇人》记：“延州有妇人既没，西域来胡僧谓此即锁骨菩萨。众人即开墓，见遍身之骨，钩结皆如锁状。”④吹横笛：古笛曲中有《梅花落》。⑤寿阳：化用寿阳公主梅花妆事。《太平御览》卷三十《时序部》

引《杂五行书》中的记载："宋武帝女寿阳公主人日卧于含章殿檐下，梅花落公主额上，成五出花，拂之不去，皇后留之，看得几时，经三日，洗之乃落。宫女奇其异，竞效之，今梅花妆是也。"⑥香瘢（bān）：疤痕。用三国吴孙和邓夫人的故事。孙和宠夫人，曾因醉舞如意，误伤邓颊，血流满面，医生说用白獭髓，杂玉与琥珀屑敷之，可灭瘢痕，见唐段成式《酉阳杂俎》前集卷八。⑦孤山：孤山在杭州西湖滨，北宋初林逋隐居于此，遍种梅花并养鹤，有"梅妻鹤子"之说，后孤山仍以梅花著称。⑧缟(gǎo)衣：白绢衣裳。⑨解佩：汉刘向《列仙传 · 江妃二女》："江妃二女者，不知何所人也，出游于江汉之湄，逢郑交甫。见而悦之，不知其神人也，谓其仆曰：'我欲下请其佩。'……遂手解佩与交甫。"⑩叶底青圆：化用杜牧《叹花》诗"绿叶成阴子满枝"的词句意，包孕着世事变迁的惆怅与岁月无情的蹉跎。

【练习】

1. 清人陈廷焯评论本词道："梦窗《高阳台》一篇，既幽怨，又清虚，几欲突过中仙咏物诸篇（中仙：王沂孙，号中仙，擅长咏物词），集中最高之作。"结合这句话思考，本词主要抒发了作者怎样的思想感情？

2. 清人刘永济评论本词道："小说有倩女离魂事，词中用此事与集中《莺啼序》歇拍'怨曲重招，断魂在否'同意，皆有所指。盖梦窗在杭，前妾去后，复眷一女子，未及成婚而病殁，故两词皆有招魂之语。因落梅难返枝与春痕难补之语，皆与其情其事暗合，指词句必触物生感而作，非上文泛用落梅故实可比，亦咏物而关合人情也。"结合这句话思考，本词主要运用了什么表现手法？有何表达效果？

八十八 眉妩·新月

南宋·王沂孙

渐新痕悬柳①，淡彩穿花，依约破初暝②。
便有团圆意③，深深拜④，相逢谁在香径⑤。
画眉未稳。料素娥⑥、犹带离恨。
最堪爱、一曲银钩小，宝帘挂秋冷。

千古盈亏休问。叹慢磨玉斧，难补金镜。
太液池犹在⑦，凄凉处、何人重赋清景。
故山夜永，试待他、窥户端正⑧。
看云外山河⑨，还老尽、桂花影⑩。

【题解】
江山已易主。在词人王沂孙那里。故国之意仍是一丝扭不断的情结。面对宗祖沉沦，今昔巨变之痛，词人借咏新月寄寓了对亡国的哀思。全词将赏月、观月，因月感怀作为线索，绵绵君国之思，全借咏月写出，托物寄怀，耐人寻味。上阕描绘新月，刻意渲染一种清新轻柔的优美氛围，表达了对新月在浩茫宇宙中之渺小的怅惘之情，随之下阕将笔一纵，大墨一挥“千古”振起，语意苍凉。临宴题咏新月，是南宋文士的风雅习尚。赏月观月、因月感怀，是贯穿全篇的线索。循着作者因新月而生的今昔纵横的意识情感流动轨迹，和新月相系的人情典事，寄托了词人的怀国之情。

【注释】

①新痕：指初露的新月。②初暝：夜幕刚刚降临。③团圆意：唐牛希济《生查子》："新月曲如眉，未有团圆意。"此处反用其意。④深深拜：古代妇女有拜新月之风俗，以祈求团圆。⑤香径：花间小路，或指落花满地的小径。⑥素娥：嫦娥。⑦太液池：汉唐均有太液池在宫禁中。⑧端正：谓圆月。⑨云外山河：暗指辽阔的故国山河。⑩桂花影：月影。

【练习】

1. 清人沈祥龙评论本词道："咏物之作，在借物以寓性情，凡身世之感，君国之忧，隐然蕴于其内，斯寄托遥深，非沾沾焉咏一物矣。如王碧山咏新月之《眉妩》……皆别有所指，故其词郁伊善感（郁伊：忧愤郁结）。"结合这句话思考，本词主要寄寓了作者怎样的思想感情？

2. 清人陈廷焯评论本词道："后半忽用纵笔，却又是虚笔，寄慨无端，别有天地，极龙跳虎卧之奇，海涵地负之观。"结合这句话思考，本词的下阕主要好在哪里？

【积累】

词人小传之三十五：王沂孙

王沂孙（约1230—约1291），宋末词人。字圣与，号碧山，又号中仙，家住玉笥山，亦号玉笥山人，南宋会稽人。善文词，广交游，同代周密称其“结客千金，醉春双玉”（《踏莎行·题中仙词卷》）。元兵入会稽，杨琏真珈掘宋帝六陵，沂孙与唐珏、周密等结吟社，赋《乐府补题》，托意莲、蝉诸物，寄托亡国之恸。元世祖至元中，一度出为庆元路学正。晚年往来杭州、绍兴间。工词，风格接近周邦彦，含蓄深婉。其清峭处，又颇似姜夔，张炎说他“琢语峭拔，有白石意度”。尤以咏物为工，皆善于体会物象以寄托感慨。其词章法缜密，是一位有显著艺术个性的词家。词集《碧山乐府》，一称《花外集》，收词六十余首。

八十九 水龙吟·落叶

南宋·王沂孙

晓霜初著青林，望中故国凄凉早。
萧萧渐积①，纷纷犹坠②，门荒径悄。
渭水风生③，洞庭波起④，几番秋杪。
想重厓半没，千峰尽出，山中路，无人到。

前度题红杳杳⑤，溯宫沟、暗流空绕。
啼螀未歇⑥，飞鸿欲过，此时怀抱。
乱影翻窗，碎声敲砌，愁人多少！
望吾庐甚处？只应今夜，满庭谁扫？

【题解】

王沂孙是宋末元初人。宋亡后虽再仕元朝，但他在内心深处挥之不去的仍是深沉的故国之思。在这首词中，作者运用娴熟的笔法，使主观和客观融洽，构成一个完整的整体，使其故国之思表达得自然而深刻。红染吴江枫、空谷佳人、二月残花、秋日斜照和冷枝醉舞。通过这种境界的创造，表现了词人在南宋末期对现实难排的抑郁之情和凄凉境地。

【注释】

①萧萧渐积：借指落叶，暗用杜甫“无边落木萧萧下”(《登高》）诗意。②。纷纷犹坠：借指落叶，借用范仲淹《御街行》中“纷纷坠叶飘香砌”句意。③渭水风生：借用贾岛“秋风吹渭水，落叶满长安”(《忆江上吴处士》）诗意。④洞庭波起：借用屈原“嫋嫋兮秋风，洞庭波兮木叶下”(《九歌 · 湘夫人》）诗意。⑤“前度”句：借用红叶题诗的故事，暗示故宫的冷落。《云溪友议》载：唐宣宗时，中书舍人卢渥于应试之岁，偶尔在御沟中拾到一片红叶，上题一绝句：“流水何太急，深宫尽日闲。殷勤谢红叶，好去到人间。”后卢渥得一遣放的宫女，正是题诗之人。⑥啼螀（jiāng）：寒蝉的鸣叫。

【练习】

1. 清人陈廷焯评论本词道：“凄凉奇秀，屈宋之遗意（屈宋：屈原、宋玉，借指楚辞）此中无限怨情，只是不露，令读者心怦怦然。”结合这句话思考，本词主要抒发了作者怎样的思想感情？

____

____

____

2. 近人郑骞评论本词道：“《水龙吟 · 落叶》云：‘渭水风生，洞庭波起，几番秋杪。想重压半没，千峰尽出，山中路，无人到。’峭拔幽深，古今名句。”结合这句话思考，本词上阕的“渭水风生”数句主要好在哪里？

____

____

____

〇九十 齐天乐·蝉

南宋·王沂孙

一襟余恨宫魂断①，年年翠阴庭树。
乍咽凉柯②，还移暗叶，重把离愁深诉。
西窗过雨，怪瑶佩流空③，玉筝调柱。
镜暗妆残，为谁娇鬓尚如许④。

铜仙铅泪似洗⑤，叹携盘去远，难贮零露。
病翼惊秋，枯形阅世⑥，消得斜阳几度⑦？
余音更苦。甚独抱清商，顿成凄楚？
谩想熏风，柳丝千万缕。

【题解】

这首词借咏秋蝉托物寄意，表达国破家亡、末路穷途的无限哀思。上阕咏蝉，从正反两面互为映衬。下阕转而写蝉的饮食起居。全词以寒蝉的哀吟写亡国之恨，词人哀吟，宛如寒蝉悲鸣，既贴物写形、写声，又超物写意，不失为一首咏物佳作。王沂孙生活于宋末元初，切身地经历南宋国之变，在他个人思想上留下一丝极深的抹不去的痛。本词虽隐晦纡曲，却也深婉有致，借咏蝉而寄托了作者的政治思考。

【注释】

①“一襟”句：喻蝉是饮恨而亡的宫女怨魂所化。据马缟《中华古今注》：“昔齐后忿而死，尸变为蝉，登庭树嘒唳而鸣，王悔恨。故世名蝉为齐女焉。”②凉柯：秋天的树枝。③瑶佩：以玉声喻蝉鸣声美妙，下“玉筝”同。④“镜暗妆残”二句：谓不修饰装扮，为何还那么娇美。魏文帝宫女莫琼树制蝉鬓，缥缈如蝉。⑤铜仙：据史载，汉武帝铸手捧承露盘的金铜仙人于建章宫。魏明帝时，诏令拆迁洛阳，“宫官既拆盘，仙人临载，乃潸然泪下”。李贺曾作《金铜仙人辞汉歌》，有句云：“空将汉月出宫门，忆君清泪如铅水。”⑥枯形：指蝉蜕。⑦消得：经受得住。

【练习】

1. 清人陈廷焯评论本词道：“王碧山咏蝉诸篇，低回深婉，托讽于有意无意之间，可谓精于比义。字字凄断，却浑雅不激烈。”结合这句话思考，本词主要运用了什么表现手法？其表达效果如何？

____

____

____

2. 近人唐圭璋评论本词道：“末句陡着胜时之情景，振动全篇。太白《越中怀古》有‘宫女如花满春殿，只今惟有鹧鸪飞’诗，盖上极盛而下极哀，而此则上极哀而下极盛，反剔一句，亦自警动。”结合这句话思考，本词下阕的结尾“谩想”二句主要好在哪里？

____

____

____

九十一 一萼红·登蓬莱阁有感

南宋·周 密

步深幽。正云黄天淡，雪意未全休。
鉴曲寒沙[1]，茂林烟草[2]，俯仰千古悠悠。
岁华晚、飘零渐远，谁念我、同载五湖舟[3]。
磴古松斜[4]，厓阴苔老，一片清愁。

回首天涯归梦，几魂飞西浦，泪洒东州[5]。
故国山川，故园心眼，还似王粲登楼[6]。
最怜他、秦鬟妆镜[7]，好江山、何事此时游。
为唤狂吟老监[8]，共赋消忧。

【题解】

这首词中的蓬莱阁在绍兴卧龙山，为五代时吴越王钱镠所建，是浙东名胜。宋恭帝德祐二年（1276），元军攻占南宋都城临安，周密随即流亡，这年和次年的冬天都曾到过绍兴，从词中描写冬天的景物来看此词应是第二年冬天游览蓬莱阁时写的，表达了作者怀念故国山河的爱国忧思。词人的感受是通过登阁所见景物曲曲传达出来的。时值冬季，天色阴沉，雪意未休，这种凄凉的气氛很好地烘托了作者的悲凉心境。综观全词，写景空远，抒情婉曲，结构细密，引事用典十分贴切，充分体现出作者深厚的词学功底和创作才力，所以被推为《草窗词》的压卷之作。

【注释】

①鉴曲：鉴湖，唐代诗人贺知章告老时曾赐得鉴湖后终于其地。②茂林：兰亭，在绍兴，东晋名士王羲之等曾于此赋诗咏怀，《兰亭集序》中有“茂林修竹”之语。③五湖舟：说的是春秋时越国大夫范蠡功成身退与西施泛舟五湖的故事。④磴：石头台阶。⑤西浦、东州：蓬莱阁在绍兴，西浦、东州皆其地。⑥王粲：汉末建安诗人，避乱荆州时，尝作《登楼赋》以表达忧国怀乡的情思。⑦秦鬟：指绍兴的秦望山，秦始皇曾经登临，又以山形颇肖妇人鬟髻，故有此称。妆镜：指指清如明镜的鉴湖水。⑧狂吟老监：指贺知章，曾为秘书监，自号“四明狂客”。

【练习】

1. 近人俞陛云评论本词道：“此词首五句写楼中所见之景，以‘俯仰今古’句总领前半首……以‘故国’、‘故园’句总领后半首……草窗，济南人。其‘归梦天涯’句，故园之思也。大好江山而倦客登临，已在社屋阴沉之后，故国之思也。”结合这句话思考，本词主要抒发了作者怎样的思想感情？

2. 清人陈廷焯评论本词道：“公谨《一萼红 · 登蓬莱阁有感》一阕，苍茫感慨，情见乎词，当为草窗集中压卷。虽使美成，白石为之，亦无以过。”结合这句话思考，本词在艺术风格上有何特色？

【积累】

词人小传之三十六：周密

周密（1232—约1298）南宋文学家。字公谨，号草窗，又号四水潜夫、弁阳老人、华不注山人等。原籍济南，后为吴兴（今浙江湖州）人。宋德祐间曾任义乌（今属浙江）令等职。宋亡隐居不仕。其词讲求格律，风格在姜夔、吴文英两家之间，与吴文英（梦窗）并称“二窗”。也曾写过一些慨叹宋室覆亡之作。并能诗文书画，谙熟宋代掌故。著有《草窗韵语》、《齐东野语》、《武林旧事》、《癸辛杂识》、《志雅堂杂钞》、《云烟过眼录》、《浩然斋雅谈》等数十种。编有《绝妙好词》。存词一百五十余首。

九十二 献仙音·吊雪香亭梅

南宋·周　密

松雪飘寒，岭云吹冻，红破数椒春浅[①]。
衬舞台荒，浣妆池冷[②]，凄凉市朝轻换。
叹花与人凋谢，依依岁华晚。

共凄黯。问东风、几番吹梦？
应惯识当年，翠屏金辇[③]。
一片古今愁，但废绿、平烟空远。
无语销魂，对斜阳、衰草泪满。
又西泠残笛[④]，低送数声春怨。

【题解】

周密是个有气节的词人，南宋灭亡后，他坚决不仕元朝。这首词是宋亡以后所作，通过写梅花和前朝废芜的园林抒发自己对故国的怀念，对新朝的抵触。根据他写的《武林旧事》、《齐东野语》的记载：杭州葛岭有集芳园，原是赵宋王朝的皇家园林，宋理宗时赐给贾似道，贾再修筑，胜景不少，雪香亭便是其中之一，亭旁广植梅花。宋亡之后，园亭荒芜，周密来游而作此词。这首词写情写景俱佳，前后呼应，饱含深情而不事张扬，是周密惨淡经营、意境较深的作品之一。

【注释】

①椒：落叶灌木或小乔木，果实球形，暗红色，种子黑色，可供药用或调味。②衬舞台、浣妆池：疑是聚景园中旧有之池台。③翠屏金辇：指帝王游幸时所用的屏和辇。④西泠残笛：笛曲中有《梅花落》。

【练习】

1. 近人刘永济评论本词道："此宋亡后公谨游故苑有感而作。词题曰吊梅，乃借吊梅花寓兴亡之感也……观此可知南宋帝王贪享逸乐，遨游湖山，不图自强，无心恢复，亡国以后尚有人追悼不已。"结合这句话思考，本词的创作意图主要是什么？

2. 近人俞陛云评论本词道："后阕言'翠屏金辇'，何等繁华，而贞元朝士无多（贞元朝士：语出刘禹锡《听旧宫中乐人穆氏唱歌》诗：'曾随织女渡天河，记得云间第一歌；休唱贞元供奉曲，当时朝士已无多。'刘在贞元中任郎官御史，后坐王叔文党贬逐，历二十余年，始以太子宾客再入朝，感念今昔，故有是语），惟历劫寒梅，犹亲见当年之盛，与汉苑铜仙、隋堤杨柳，同恋前朝。"结合这句话思考，本词下阕主要运用了什么表现手法？其表达效果如何？

九十三 虞美人·听雨

南宋·蒋 捷

少年听雨歌楼上，红烛昏罗帐。
壮年听雨客舟中，江阔云低，断雁叫西风[1]。

而今听雨僧庐下，鬓已星星也[2]。
悲欢离合总无情，一任阶前点滴到天明。

【题解】

这是蒋捷自己一生的真实写照。词人曾为进士，过了几年官宦生涯。但宋朝很快就灭亡。他的一生是在颠沛流离中度过的。本词概括了从少到老在环境、生活、心情各方面所发生的巨大变化，可谓言简意赅，三个时期，三种心境，读来也使人凄然。上阕感怀已逝的岁月，下阕慨叹目前的境况。它以“听雨”为媒介，将几十年大跨度的时间和空间相融合。

【注释】

①断雁：失群孤雁。②星星：形容白发很多。

【练习】

1. 本词名为“听雨”，写了三个人生阶段的听雨感受，请用自己的话分别概括一下作者在不同的人生阶段时的听雨感受。

______

______

______

2. 清人许昂霄评论本词道："《虞美人》，'悲欢离合总无情'，此种襟怀，固不易到，然易不愿到也。"结合这句话思考，本词下阕的结尾两句主要好在哪里？

【积累】

词人小传之三十七：蒋捷

蒋捷，生卒年不详。字胜欲，号竹山，阳羡（今江苏宜兴）人，先世为宜兴巨族，咸淳十年进士。宋亡，深怀亡国之痛，隐居不仕，人称"竹山先生"，其气节为时人所重。长于词，与周密、王沂孙、张炎并称"宋末四大家"。其词多抒发故国之思、山河之恸、风格多样，而以悲凉清俊、萧寥疏爽为主。尤以造语奇巧之作，在宋代词坛上独标一格，有《竹山词》。

九十四 一剪梅·舟过吴江

南宋·蒋　捷

一片春愁待酒浇。江上舟摇，楼上帘招。
秋娘渡与泰娘桥[1]，风又飘飘，雨又萧萧。

何日归家洗客袍？银字笙调[2]，心字香烧[3]。
流光容易把人抛，红了樱桃，绿了芭蕉。

【题解】

吴江指滨临太湖东岸的吴江县。这首词主要写作者乘船漂泊在途中倦懒思归之心情。全词用点、染结合的手法，写出了词人伤春的情绪及久客异乡思归的情绪。上阕首句点出春愁的主旨，下阕首句点出归家的情思，全词以春愁为核心，选取典型景物和情景层层渲染，突出了春愁的内涵：一是倦游思归的愁，一是春光易逝的愁。

【注释】

①秋娘、泰娘：唐代著名歌女。②调笙：调弄有银字的笙。③烧香：点熏炉里心字形的香。

【练习】

1. 结合这首诗的写作背景思考，本诗主要抒发了作者怎样的思想感情？

____

____

____

2. 明人潘游龙评论本词道:“末句用两‘了’字,有许多悠悠忽忽意。”结合这句话思考，本词下阕的结尾两句主要好在哪里?

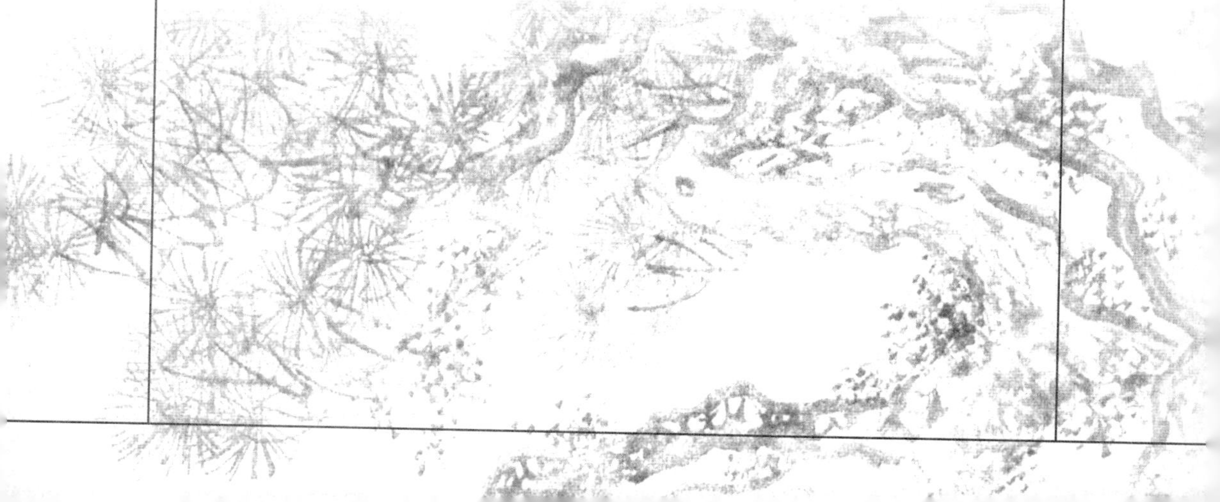

九十五 高阳台·西湖春感

南宋·张 炎

接叶巢莺，平波卷絮，断桥斜日归船①。
能几番游？看花又是明年。
东风且伴蔷薇住，到蔷薇、春已堪怜。
更凄然，万绿西泠②，一抹荒烟。

当年燕子知何处？但苔深韦曲③，草暗斜川④。
见说新愁，如今也到鸥边⑤。
无心再续笙歌梦，掩重门、浅醉闲眠。
莫开帘。怕见飞花，怕听啼鹃。

【题解】

此词是张炎在南宋灭亡后重游西湖时所作的一首词，借西湖观感抒发亡国之痛烈心情。这首词写春天的景色等是实写，写内心的亡国之痛则是虚写。以景示情，以情带景，堪称“郁之至，厚之至”。读来耐人寻味，耐人咀嚼。张炎是一个婉约派的词人，追念故国之思不是直接倾泻而出，而采取不直言的手法，借“怕见飞花、怕听啼鹃”委婉的方式来表达。此词章法谨严，有自然流动之势。

【注释】

①断桥：西湖孤山侧桥名。②西泠：西湖桥名。③韦曲：在长安南皇子陂西，唐代诸韦世居此地，因名韦曲。④斜川：在江西庐山侧星子、都昌二县间，陶潜有游斜川诗，词中借指元初宋遗民隐居之处。⑤“见说”二句：沙鸥色白，因说系愁深而白，如人之白头。

【练习】

1. 本词名为“西湖春感”，作者笔下的西湖景观有何特点？

2. 清人陈廷焯评论本词道：“《高阳台 · 西湖春感》一章，情景兼到，一片身世之感。‘东风’二语，虽是激迫之词，然音节却婉约。惹甚闲愁，不如掩门一醉高卧也。”结合这句话思考，本词主要抒发作者怎样的思想感情？

3. 清人沈祥龙评论本词道：“词贵愈转愈深，稼轩云：‘是他春带愁来，春归何处，却不解带将愁去。（语出辛弃疾《祝英台近 · 晚春》）’玉田云：‘东风且伴蔷薇住，到蔷薇、春已堪怜。’下句即从上句转出，而意更深远。”结合这句话思考，本词上阕的“东风”二句主要好在哪里？

【积累】

词人小传之三十八：张炎

张炎（1248—1319），南宋词人。字叔夏，号玉田，又号乐笑翁。祖籍凤翔成纪（今甘肃天水），寓居临安（今浙江杭州）。他是贵族后裔（循王张俊六世孙），也是南宋著名的格律派词人，父张枢，精音律，与周密为结社词友。张炎前半生在贵族家庭中度过。宋亡以后，家道中落，贫难自给，曾北游燕赵谋官，失意南归，落拓而终。曾从事词学研究，著有《词源》，有《山中白云词》，存词约三百首。文学史上把他和另一著名词人姜夔并称为“姜张”。还与宋末著名词人蒋捷、王沂孙、周密并称“宋末四大家”。

九十六 甘州

南宋·张　炎

辛卯岁，沈尧道同余北归，各处杭越。逾岁，尧道来问寂寞，语笑数日，又复别去。赋此曲，并寄赵学舟。

记玉关、踏雪事清游①，寒气脆貂裘。
傍枯林古道，长河饮马，此意悠悠。
短梦依然江表②，老泪洒西州③。
一字无题处，落叶都愁。

载取白云归去，问谁留楚佩④，弄影中洲？
折芦花赠远，零落一身秋。
向寻常野桥流水，待招来，不是旧沙鸥。
空怀感，有斜阳处，却怕登楼。

【题解】

1290年，张炎和友沈尧道应召为元政府写金字《藏经》。翌年，回归南方。之后词人在越州居住，和沈尧道及赵学舟都有词往来，这首词即作于此时。全词先悲后壮，先友情而后国恨，贯穿始终的，是一股荡气回肠的“词气”。使读者极能渗透到作者的感情世界之中。写身世飘萍和国事之悲感哀婉动人，令人如闻断雁惊风，哀猿啼月。

【注释】

①玉关：玉门关，此指北方。②江表：指江南。③西州，古城名，在今南京西。④楚佩：借用《楚辞》中湘君和湘夫人的典故。

【练习】

1. 近人陈匪石评论本词道："（本词）至'枯林'、'古道'、'落叶'、'芦花'、'沙鸥'、'斜阳'及'悠悠'、'寻常'等字，均非泛设，且中所蕴藉，只同游旧侣可以共喻，有不能明言且无可与语者，在玉田词中为直抒胸臆之作。通篇一气直下，不使一提笔、转笔、衬笔，尤见力量。"结合这句话思考，本词在表达方式上有何艺术特色？

____

____

____

2. 近人俞陛云评论本词道："上阕'短梦'以下四句，能用重笔，力透纸背，为《白云词》中所罕。'折芦花'二句传诵词苑，咸推名句。"结合这句话思考，本词上阕的"短梦"四句和"折芦花"二句主要好在哪里？

____

____

____

3. 清人唐圭璋评论本词道："收处与稼轩之'斜阳烟柳（休去倚危栏，斜阳正在、烟柳断肠处——语出《摸鱼儿》）'意相同。举友朋聚散、家国兴衰之感，并收入此结句也。"结合这句话思考，本词下阕的结尾主要好在哪里？

____

____

____

九十七　解连环·孤雁

南宋·张　炎

楚江空晚。怅离群万里，恍然惊散①。
自顾影②、却下寒塘，正沙净草枯，水平天远。
写不成书③，只寄得、相思一点。
料因循误了④，残毡拥雪⑤，故人心眼。

谁怜旅愁荏苒⑥。谩长门夜悄⑦，锦筝弹怨⑧。
想伴侣、犹宿芦花，也曾念春前，去程应转。
暮雨相呼，怕蓦地、玉关重见⑨。
未羞他、双燕归来，画帘半卷。

【题解】
本词是宋亡后之作，是一篇著名的咏物词。作者糅咏雁、怀人、自怜而为一，抒发了他的家国之痛，漂泊之苦，凄婉动人。词咏孤雁，实则借孤雁寄托作者宋亡后的伤感，也反映了宋遗民普遍生活体验及感触，具有典型意义。通观全篇，状物言情极尽精巧而不着雕饰痕迹，词人遣词炼意、体物抒情的精湛造诣淋漓尽现。全词多处用典，堪称咏雁佳句。陈廷焯在《白雨斋词话》中曰："玉田《高阳台》，凄凉幽怨，郁之至，厚之至，与碧山如出一手，乐笑翁集中亦不多见。"

【注释】

①恍（huǎng）然：失意貌。②自顾影：对自己的孤独表示怜异之意。③写不成书：雁飞行时行列整齐如字，孤雁而不成字，只像笔画中的“一点”，故云。④因循：迟延。⑤残毡拥雪：用苏武事。苏武被匈奴强留，毡毛合雪而吞食，幸免于死。⑥荏苒（rěn rǎn）：辗转不断。⑦长门：汉武帝时，陈皇后被打入长门冷宫。⑧锦筝：筝的美称。古筝有十二或十三弦，斜列如雁行，称雁筝，其声凄清哀怨，故又称哀筝。⑨蓦地：蓦然。玉关：玉门关，借指北方。

【练习】

1. 清人刘永济评论本词道：“盖此词乃托辞孤雁以寓身世之感。从托辞言，写孤雁之处，有非画笔所能传者；从寓身世言，则又非言语所能尽者。孤雁与身世两方面写来俱极工，能尽离合之致，故当时即有张孤雁之称。”结合这句话思考，本词在表现手法上有何特色？

2. 清人俞陛云评论本词道：“‘写不成书’二句，写‘孤’字入妙。即怀人之作，亦极缠绵幽渺之思，况咏孤雁？人雁双关，允推绝唱。”结合这句话思考，本词上阕的“写不成书”二句主要好在哪里？

九十八 贺新郎·九日

南宋·刘克庄

湛湛长空黑[1]。
更那堪、斜风细雨，乱愁如织。
老眼平生空四海，赖有高楼百尺[2]。看浩荡、千崖秋色。
白发书生神州泪[3]，尽凄凉、不向牛山滴[4]。
追往事，去无迹。

少年自负凌云笔[5]。
到而今、春华落尽[6]，满怀萧瑟。
常恨世人新意少，爱说南朝狂客，把破帽、年年拈出[7]。
若对黄花孤负酒[8]，怕黄花也笑人岑寂[9]。
鸿北去，日西匿。

【题解】
这是一首重阳节登高抒怀之作，用凄凉的景色衬托凄凉的心情。上阕写重阳节登高望远所引起的感喟，“乱愁如织”则点出全篇主旨。下阕先说少年时代自负有下笔千言的才华，颇思有所作为。但是目前却青春已逝，壮志成空。此词以议论为主，借题发挥，感慨苍凉，“神州”二字曾在作者词中反复出现，说明恢复中原是作者念念不忘的头等大事。刘克庄的词眼界力求开阔，胸襟力求高旷，以达到雄健豪壮的格调，他既用豪放之笔，又恰当地穿插细笔，把“大声”和“小声”结合起来，从而达到“欲托朱弦写悲壮”的目的。

【注释】

①湛湛：水深貌。②百尺高楼：指英雄志士登临望远之所。③白发书生：作者自称。④牛山滴：谓丈夫不应无谓洒泪，不应计较个人生死。牛山：在山东临淄县南。⑤凌云笔：谓笔端纵横，气势干云。⑥春华：青春年华。⑦南朝狂客：指孟嘉。破帽：指孟嘉重阳登高落帽事。孟嘉于九月九日随桓温游龙山，风吹帽落，他并不觉得。桓温命人写文章嘲笑他，他亦取笔作答，文辞超卓，四座极叹服。（《晋书 · 孟嘉传》）⑧黄花：指菊花。⑨岑寂：寂寞。

【练习】

1. 本词名为“九日”，本词主要描写了哪些重阳佳节的习俗，主要抒发了作者怎样的思想感情？

2. 清人陈廷焯评论本词道：“悲而壮！南宋有如此将才、如此官方、如此士气，而卒不能恢复者，谁之过也？”结合这句话思考，本词在艺术风格上有何特色？主要表现在哪些地方？

【积累】

词人小传之三十九：刘克庄

刘克庄（1187—1269），字潜夫，号后村。福建莆田人。辛派词人的重要代表，词风豪迈慷慨。初名灼，师事真德秀。宁宗嘉定二年（1209）补将仕郎，调靖安簿，始更今名。江淮制置使李珏任为沿江制司准遣，随即知建阳县。因咏《落梅》诗得罪朝廷，闲废十年。后通判潮州，改吉州。理宗端平二年（1235）授枢密院编修官，兼权侍郎官，被免。后出知漳州，改袁州。淳祐三年（1243）授右侍郎官，再次被免。六年（1246），理宗以其"文名久著，史学尤精"，赐同进士出身，秘书少监，兼国史院编修、实录院检讨官。景定三年（1262）授权工部尚书，升兼侍读。五年（1264）因眼疾离职。度宗咸淳四年（1268）特授龙图阁学士。第二年去世，谥文定。他晚年趋奉贾似道。谀词谄语，连章累牍，为人所讥。但他也曾仗义执言，抨击时弊，弹劾权臣。他的词以爱国思想内容与豪放的艺术风格见称于时，在辛派词人"三刘"（刘克庄、刘过、刘辰翁）中成就最大，甚至被认为"与放翁、稼轩，犹鼎三足"。

九十九 兰陵王

南宋·刘辰翁

送春去，春去人间无路。
秋千外，芳草连天，谁遣风沙暗南浦[1]。
依依甚意绪？漫忆海门飞絮[2]。
乱鸦过，斗转城荒[3]，不见来时试灯处[4]。

春去。最谁苦？但箭雁沉边[5]，梁燕无主[6]。
杜鹃声里长门暮[7]。想玉树凋土，泪盘如露[8]。
咸阳送客屡回顾，斜日未能度。

春去。尚来否？正江令恨别，庾信愁赋[9]。
苏堤尽日风和雨。叹神游故国，花记前度[10]。
人生流落，顾孺子[11]，共夜语。

【题解】

本词题为送春，实写亡国之痛。以春喻国，不露痕迹，哀婉无穷。全词凄绝哀怨，寄托很深。这首词写在元军攻破临安之后，表达了作者的亡国之痛与故国之爱的感情，作者把南宋灭亡的伤痛哀悼之情和词中的艺术形象巧妙地融合在一起，达到了交融浑化的高水平，使读者也产生种种感慨。清人陈廷焯评论本词道："题是'送春'，词是悲宋，曲折说来，有多少眼泪。"

【注释】

①南浦：本指分别之地，暗指南宋故土。②海门：今江苏南通县东，宋初，犯死罪获贷者，配隶于此。③斗转城荒：指转眼间南宋都城临安变成一座荒城。④试灯：元宵前的张灯预赏。⑤箭雁：中箭而坠逝的大雁。沉边：去而不回，消失于边塞。⑥梁燕：指亡国后的臣民。⑦长门：指宋帝宫阙。⑧玉树：本指汉宫中之物，王朝倾覆，故"玉树凋土"，就连那金铜仙人也不免有辞离故国的悲伤。⑨江令：江总在陈后主时仕至尚书令，故称"江令"，陈亡后，他入隋北去。庾信：庾信本仕梁，曾出使西魏梁亡，被留长安，北周代魏，又不予放还，著有《愁赋》，以抒郁抑之情。⑩花记前度：化用刘禹锡《再游玄都观》"种桃道士归何处，前度刘郎今又来"诗意。，"孺子"，指作者的儿子刘将孙。

【练习】

1. 近人俞陛云评论本词道："虽以'送春'标题，每段首句皆以'春去'作起笔，而其下则鸦过荒城，风沙迷目，不仅灯火阑珊之感……其思乡恋阕，抚事怀人，百愁交集，不独'送春'也。"结合这句话思考，本词主要抒发了作者怎样的思想感情？

____

____

____

2. 明人卓人月评论本词道："三段俱以'春去'唤起。峡猿之唱，征鸟踟蹰，寒云不飞。"结合这句话思考，本词的三阕皆以"春去"开头，有何表达作用？

____

____

____

【积累】

词人小传之四十：刘辰翁

刘辰翁（1231—1297），字会孟，别号须溪，南宋庐陵（今江西省吉安市）人。进士出身。宋理宗景定三年（1262）进士，因母老，请为赣州濂溪书院山长。五年，应江万里邀入福建转运司幕，未几，随江入福建安抚司幕。度宗咸淳元年（1265），为临安府教授。四年，入江东转运司幕。五年，为中书省架阁，丁母忧去。他对专权误国的贾似道不满。后来坚决不肯担任官职。宋亡后，埋头著书。在南宋遗民里面，他的词反映的爱国思想是比较强烈的。元成宗大德元年卒。存词三百余首。

一〇〇 念奴娇·驿中言别友人

南宋·文天祥

水天空阔，恨东风，不借世间英物[1]。
蜀鸟吴花，残照里[2]，忍见荒城颓壁！
铜雀春情，金人秋泪[3]，此恨凭谁雪！
堂堂剑气，斗牛空认奇杰。

那信江海余生，南行万里，属扁舟齐发[4]。
正为鸥盟留醉眼[5]，细看涛生云灭[6]。
睨柱吞嬴[7]，回旗走懿[8]，千古冲冠发。
伴人无寐，秦淮应是孤月[9]。

【题解】

元世祖至元十五年（1278），文天祥兵败被俘。第二年被押送往元朝首都燕京（今北京市），路过金陵（今南京市）时，和他一同被押送的邓剡，因有病留下治疗。邓剡是文天祥志同道合的战友，今既同遭患难，又在患难中分手，未免怀感万分，便写下这首词，抒发他失败后的悲愤和至死不屈的民族气节。这首词语言艰深晦涩，用典过多，但读起来却气势磅礴，感情奔放，表现了作者至死不渝的气节和不屈不挠的斗争意志。全篇情调激昂，气冲霄汉，有极强的感染力。

【注释】

①“恨东风”句：是说东风不助英雄人物破敌，用周瑜赤壁破曹的传说。②蜀鸟吴花：言金陵的萧条景象。蜀鸟：杜鹃；吴花：由李白诗“吴宫花草埋幽径”变用。③“铜雀春情”二句：写的是亡国后的悲痛，指宋的宫妃被掳，宝器遭劫。用杜牧《赤壁》诗和李贺《金铜仙人辞汉歌》中的典实。④“那信”三句，是回顾自己1276年脱险南归的经历。那信：想不到。属扁舟齐发：以生命托付给扁舟。属：托付。齐发：作者至通州时，有四条船一同出发照应。⑤“正为”句：正是为了留得余生与朋友一同抗元。鸥盟：指抗元的志士结盟。留醉眼：承上文“余生”而言。⑥涛生云灭：喻时局变幻不定。⑦睨柱吞嬴：是说蔺相如的气势震慑了嬴秦。⑧回旗走懿：是说诸葛亮死后，还使司马懿回旗惊走。⑨秦淮：河名，流经南京，战前是最热闹的地方。

【练习】

1. 清人张德瀛评论本词道：“词有与风诗意义相近者，自唐迄宋，前人巨制，多寓微旨。文文山‘水云空阔’，于役之伤难也（于役：行役。谓因兵役、劳役或公务奔走在外）。”结合这句话思考，本词主要抒发了作者怎样的思想感情？

2. 清人王弈清评论本词道：“文文山驿中与友人言别，赋《百字令》，气冲斗牛，无一毫委靡之色。”结合这句话思考，本词在风格上有何特色，主要表现在哪里？

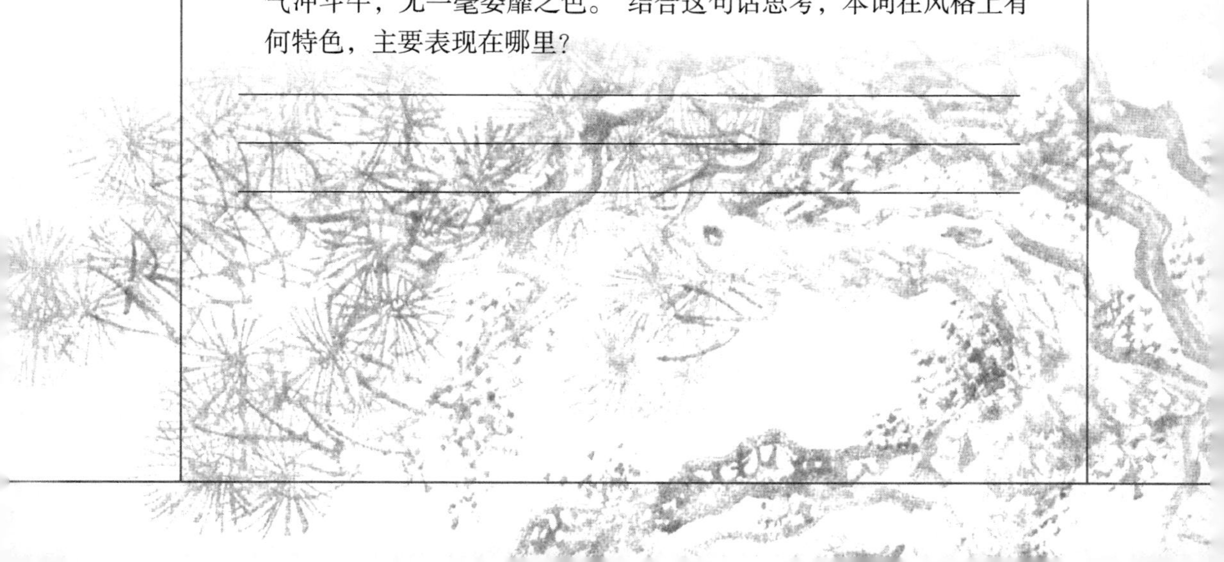

【积累】

词人小传之四十一：文天祥

文天祥（1236—1283），号文山，吉安（今江西县名）人。南宋杰出的民族英雄和爱国诗人。宋理宗宝祐四年（1256）考取进士第一名。历任湖南提刑，知赣州。德祐元年（1275）正月，闻元军东下，文天祥在赣州组织义军，开赴临安（今杭州，当时南宋的京城）。次年被任为右丞相兼枢密使。景炎二年（1277），进兵江西，收复州县多处。后兵败被俘，妻子儿女皆被执，将士牺牲甚众，天祥只身逃脱，乃退广东继续抗元。后因叛徒引元兵袭击，同年十二月，在五坡岭（今广东海丰县）被俘。元将张弘范迫其招降张世杰，乃书《过零丁洋》诗以诉之。末句云："人生自古谁无死，留取丹心照汗青。"次年，被押送元大都（今北京），囚禁四年，经历种种严酷考验，始终不屈。于1283年从容就义，年仅四十七岁。有《文山先生全集》。